U0024947

蒼白的臉

Pale Face

葉天祥・著

推薦語

理性與感性的交織，在工作上也許是剛柔並濟的互補，在感情上卻是難以圓滿的糾結。且看作者如何詮釋矛盾與掙扎。

明泰科技公司董事長　李中旺

初讀第一遍，驚艷於台大電機系出身的作者對於歷史、人文涉獵之深，描述精確。再讀，慢慢感受到作者內心深處的溫柔，放開心對感情作真誠的描寫。

中壢仁祥醫院院長　陳文蔚

從科技人到文化人，與作者結識於外商公司，認識作者超過二十年，一直欣賞他的堅持、善良、真誠與體貼。書裡不只探討人性，小說中隨處可見作者人生中在歷史、音樂、電影、美食與生活各方面獨到的見解與觀察，可說是文壇難得一見的佳作。

國賓科技公司董事長　黃偉國

用細膩的文字寫景、寫歷史、寫電影、寫感情。書裡洩漏了作者的多元嗜好。值得一起探索作者內心豐富的世界。

台灣高等檢察署檢察官　侯千姬

最疼惜老婆的好先生典範——天祥，竟然要寫婚外情小說！細膩的情感及理性的交織，不禁讚嘆天祥您也太有才了！

台灣大學醫學院眼科教授／台灣眼整形美容重建手術醫學會理事長　廖述朗

五十幾歲的男人還能保有青春時期的浪漫情懷，是雄性賀爾蒙的作祟還是對自我價值感喪失的刺激？每個即將邁入退休年齡的熟男熟女都不應該錯過的一本書，也許，你會重新看到（會臉紅心跳甚至掉淚的）自己！

輔英科技大學助理教授　林怡君

一個人的旅行，特別是京都，讓人有很多的回想。還來不及領會古剎和秋紅，舊情便猛然襲來。是釋放，還是束縛，和京都的風物如何交疊，讓我想繼續看下去。

德誠聯合法律事務所律師　詹文凱

潛意識中尚未劃上休止符的情緣，一旦浮上心頭，就戲劇性地開啟了現在的我、過去的我、過往情懷之間的豐富對話，就像老情歌這首歌的一段詞：「人說情歌總是老的好，走遍天涯海角忘不了。」假如您很想與作者有更深的共鳴、互動，那就請您繼續追這本精彩小說吧。

中山醫學大學附設醫院身心科主任暨主治醫師／中山醫學大學醫學系專任助理教授　李俊德

天祥，我的小學同學小五、小六時坐在我旁邊，很調皮搗蛋，功課卻很好。如今竟然要出書了，才華橫溢的他在同學們之間已是人生勝利組，大家一定可以期待，文筆流暢的才子出版的小說肯定精采絕倫值得拜讀。

台中市不動產仲介經紀商業同業公會榮譽理事長　何兆烈

天祥是我讀初中時的班長，小時記憶的他，應該不是個工程師，是個大情人，口才佳有謀略。他的愛情小說是苦澀中年的維特煩惱，加上他是個日本通，把日本的歷史加諸到情節，可讀性很高。大叔同學，紙上戀情，加油！

奈微光董事長／前IBM首席戰略顧問　陳孝昌

我喜歡美食（我自己就做美食），我喜歡京都和花，我更喜歡令人意想不到的結局，這本書裡全部都有，太棒了。

菓本多田手作烘焙　吳佩蓉

認識天祥三十餘年，一直感覺天祥是心思細膩體貼的好男人，平日已見識FB影評PO文的好文采，如今細膩心思與文采的結合，閱完首章即令人期待大作的現身！

安沛科技公司總經理　吳紹明

理工高材生天祥是我以前任職電子公司不同部門的同事。N年後在臉書重逢，每每驚艷於他分享旅遊、電影、生活之札記文筆。天祥2.0竟然升級成作家！這位有質感的中年大叔筆下的婚外情……肯定又是驚嚇！

誠揚聯合會計師事務所高雄所之最美老闆娘　葉錦蓉

作者一開始以京都的著名場景、美食，配合作者豐富的電影、音樂素養，讓讀者不知不覺地在似曾相識的印象裡，被帶進故事之中，燃起停止不了、往下閱讀的衝動！

台中富邦人壽業務經理　葉其昌

從IC設計專家到美食主廚，百變大叔這次要化身為文藝愛情大作的主編，很期待浪漫的京都愛情故事，讓我們一起追劇、繼續往下看。

大里仁愛醫院放射技術師　葉璧玉

目次

一、重返記憶的旅程

我在京都四條通的東橫INN。

昨晚入住時過了午夜，今早醒來時已經九點多。我仍舊感到疲憊，頭腦一片混亂，或許是旅途勞頓的關係。但我的心情卻有一點複雜。興奮是難免的，第一次來到京都，這是我規劃許久、朝思暮想的旅行。然而，卻夾雜一絲鄉愁，或至少是像鄉愁一樣的情緒，怎麼說呢？也許是三條通、四條通、五條通、金閣寺、銀閣寺、南禪寺，太多地名、影像和故事曾經在我腦海中穿梭迴繞，所以完全不陌生，在我的想像裡我早已來過。

我不想起身，側躺著身子，從棉被裡向窗外看去。天空陰陰的，是北國秋天的暗灰。那樣的深沉凝重，預示了落雨或下雪的可能，但再怎麼差的天氣，京都依舊是京都，不會減損我對這古都的喜愛。我感到安穩而滿足。回想這一趟路走了多遠？這幾年看過多少有關京都歷史和旅遊的資料，為了寫一本書。

我突然想起在台灣的妻，怎麼感覺有點遙遠。可是，機場分別不過是昨天的事啊。然而妻是溫柔的，對我做任何事都有信心，無論我的決定是如何的不切實際，還是在我身後默默的支持。也許是她太平靜了，而我又第一次獨行，還不習慣，才會感到疏遠。

我也想到公司老闆彼特。當我要向他告假兩週時，他的眼神透露出，又是另一個傻子的看法。不過，他和我都各有所熱衷，基本上只是兩個等量的傻子，他一定可以理解。做這樣的決定，關鍵還是在我自己。在人生的某一時刻，沒有任何絕對的理由，只是突然感覺到，如果不這麼做，對不起自己、白來這一生。就是這樣的想法下，我獨自踏上這場旅程。

不過，真正的理由或許比我所認知的還要複雜些，只是我說不出來，或者是我根本無法以精確的言語描述內心真正的想望。

起床盥洗後，因為已經過了早上免費供餐的時間，然而，肚子也沒有特別感到飢餓，乾脆把書桌上的隨身背包打開，直接開始這一天。

我看一下筆記中今天的行程。先要搭巴士去看豐國神社，祭祀豐臣秀吉的神社。旁邊有讓豐臣家招禍的梵鐘。上面的鐘文「國家安康……君臣豐樂……」，其中「家康」兩字分開，「豐臣」兩字卻合起來，讓德川家康得以藉題發揮，最終滅了豐臣一族。然後走上兩邊都是女子學園的女坂，上阿彌陀峰看豐臣秀吉的最後葬身之處，豐國廟。雖然是統一日本的第一人，最後的葬身之處沒有氣派的雕梁畫棟，居然只是方寸之地。最後還要到南邊的醍醐寺。那是豐臣秀吉病逝前，帶領家人、近侍及諸大名等一千三百人最後舉行盛大賞櫻宴會的所在。不知當時的豐臣秀吉有沒想過，日後豐臣家的下場竟是如此淒涼，就像那繽紛滿開，卻一夜落盡的櫻花。

豐臣秀吉從其貌不揚的窮農出身，因為幫主公提鞋而被織田信長注意到。日後因戰功高升，在本能寺一戰明智光秀刺殺了織田信長之後，豐臣秀吉率軍為主公復仇，並趁機奪取天下。從窮農到幕府將軍，病歿之後再全族被誅，這種歷史的偶然又必然，多麼吸引人，至少是吸引到我。所以我才會為了研究他的故事，來到京都。

如果一個會計師一輩子只在資產負債表上加加減減，儘管生活無虞，大概會覺得這樣只有數字的人生很無趣。所以，我雖然在電子業工作了二十年，算得上是IC設計專家，卻無法因此而感到滿足。對於人生，我是比較貪心一點。

研讀手邊的歷史書一陣子後，肚子終於有點餓。看看時間，接近十一點，可以提早去吃午餐。於是，我收拾一下便出發。

出了旅館，我左轉走進隔壁的巷裡。雖然從未來過，但我知道這裡有家拉麵店，魁力屋拉麵。只有在京都才吃得到的拉麵。我開了門進去，裡頭不大，店員大聲么喝著：いらっしゃいませ〔歡迎光臨〕。因為時間尚早，還沒有什麼客人，店員帶我到角落靠牆的位置坐下。我看一下菜單，點了有名的背脂醬油拉麵。

等待之時，我打開手機隨意滑閱。先看了些台灣的新聞，確認當天沒出什麼大事後，就開了YouTube，想聽點音樂。滑著滑著，螢幕突然出現一個名字：Marketa Irglova。覺得有點眼熟，卻一下子想不起來曾在哪裡看過。雖然有影像，但影像是非常昏暗街上的一名女子。女子就是Marketa嗎？就在這時候，麵來了。

我把目光轉移到麵上。大蔥、半熟蛋、叉燒薄片和浮在湯上一顆顆晶亮的油脂，而淡黃色的細麵整齊的鬈曲在清醬色的湯裡。這是看起來非常漂亮可口的一碗麵。接下來我用湯匙喝了一口湯。有一種特殊的醬油甜香，是從來沒有嘗過的滋味。確定視覺味覺都滿意之後，我便開始享受來到京都的第一餐。

吃到一半，我突然想起來，Marketa是電影 Once〔曾經，愛是唯一〕裡的女主角。在這部以歌曲為主的愛情戲劇中，她在戲裡和戲外都和男主角談了一場戀愛。當時我的印象很深刻。但戲裡她已婚，還有個小孩，而男主角未婚。所以，雖然他們談戀愛，注定沒有結果。想到這裡，心頭有點震盪，因而猶豫了一下。不過，在這一個人的旅途、一個人的寂寞之中，還是很想聽聽熟悉的聲音。我仍然點了她的歌If You Want Me，把耳機戴上，聲音調得小小的，只唱給自己聽。

其實這是擷取自電影中的一段影片，Marketa取了男主角寫的歌，戴上隨身聽，在回家的路上一面聽旋律一面唱著。背景是夜晚的街道，女主角的臉在夜色中隱約明暗。Are you really here？Or am I dreaming〔你是真的在這裡？還是我在做夢〕。剛開始聲音很低，幾乎聽不清楚。一陣子之後吉他伴奏出現，節奏跟上，從Marketa嘴裡出來的每一字愈來愈清楚、明亮。尤其在I can hardly remember your face any more〔我幾乎快記不清你的臉〕之後，接下來每個字都唱進我的心裡。好像要在我的心上挖洞似的，用盡一切方法試著鑽進去。

旋律愈來愈強，A lover that signs之後，接副歌，出現了男主角的合聲：If you want me, satisfy me〔如果你要我，滿足我的渴望〕。副歌重複第二遍時，我就再也控制不了自己。我的身體不由自主地顫抖起來，先是手，然後是心。

我沒有想到，已經三年過去，以為自己夠堅強，但在歌聲中，還是毫無招架之力。我把頭低下來，努力克制自己。然而沒有任何作用，淒美的歌聲繼續折磨著我的感知和情緒。我不得不把左手伸出來支著額頭，想辦法遮掩顯在臉上的難過。

剛剛為我帶位的年輕店員顯然注意到了，他趨向前來：「お客様、大丈夫ですか。〔先生，還好嗎？〕」我抬起頭，用略顯生硬的日文回覆：「麺は關係ない。昔の事を思い出したので、すみません。〔跟麵無關，因為想到過去的事，不好意思〕」。店員也許瞭解，也許不瞭解，很有禮貌的慢慢地退回去。但是，我的心卻退不回去了。

我突然想起那一天在夢幻湖的山徑上，小靜顫抖的樣子。

「妳會冷嗎？」我問。才九月中，還是二十多度的氣溫，應該不會冷才對。

「不會啊，我不會覺得冷。」小靜以她慣有輕快的語調回答。但是我仍然感覺得到她的身子抖個不停。所以，我把她的兩手抓緊一點，好像要穩定一艘搖擺的船。但船一直搖。

雖然，有些風拂過，有些雲霧在我們四周，然而在初秋的白芒草堆裡，看向對面的七股山，還是清清楚楚。依山展開的綠毛毯，上面捲起淡淡的波浪。那是非常美好的一天。

儘管小靜身體抖著，但我看進她的眼眸裡，卻是暖呼呼的。每個人的一生中總有些神奇時刻，命運要展示祂曲折人生的魔力。我突然瞭解到，那一刻是屬於我、屬於小靜、屬於我們兩個的。

我盡了最大的努力，抑制住流瀉而出的回憶，抑制住內心的顫動。在我還能正常動作的情況下，趕緊吃完麵，付了錢，彷彿逃離什麼似的，離開魁力屋拉麵。

原來跟在我身後的回憶，從來就不曾消失，只是俯伏成一顆沉默的地雷，隨時準備被觸發。等待一次凝望，或者一首歌。

我沿著四條通，不斷的往東匆匆走去。我必須離開人群，不能停下腳步，怕會控制不了自己。到了四條大橋，前面是更熱鬧的八坂神社，所以我改往南走。走進靠著高瀨川旁的木屋町通。

終於，人少了下來。因歌聲而翻滾的情緒也逐漸平息。

如何能停止回憶？如何能將那些親愛的畫面從腦海中抹去？我無法，我只能勉強我自己看的是京都，也只能想著京都。

既然錯過了公車站牌，我打算直接走到豐國神社去。

手機上的地圖很清楚，應該沒問題。等我走進沿河的巷子裡，就幾乎看不到遊人了。我想只要躲開熱鬧的人群，這世界就會忘了我，我就可以自由的，重新回到日本的戰國時代。

終於，正面通到了，我轉往左走，走向一個人都沒有的正面橋（過橋直走到底就是豐國神社）。橋底下是鴨川。退盡繁華，恢復原貌，靜靜流淌著的鴨川。而橋上面是十一月灰濛濛的天空。雲層很厚，好像裝滿雪，隨時可以灑落的樣子。而北風來了，打在旅人的身上，一波又一波。沒走幾步路，我就感到寒意，而且愈走愈冷。但我分不清，這冷意來自鑽進來的風，還是生於對往事的記憶。我的步伐愈來愈艱難，終於，停下腳步，再也走不下去。

我又開始發抖。只好慢慢的彎下腰來，用雙手把臉遮住。在一片黑暗之中，整個人往內縮。於是，勉強按耐的記憶再被打開，奔騰而出的記憶像寒風把我重重圍繞，讓我幾乎喘不過氣。

「你為什麼笑？」開門上車，穿著T恤短褲，露出白皙大腿的小靜。轉頭帶著笑意問駕駛座上的我。

「沒什麼，我看到妳就很高興啊。」我回她。她仍笑著，只是輕輕皺眉，顯露些微質疑的眼光。

她把車門關上，一股熟悉的淡淡氣味便出現了。或許是小靜身上某種特殊的香水，又或者根本就是她身上自然的味道。只要她在，隨附她身的，那是一種永遠令我著迷的氣味。

「你今天有點奇怪喔，為什麼笑？」小靜有點近乎調皮的再問一次。

「真的沒有為什麼。」隔一段時間才見面，雖然不久，小靜的出現總是讓我感到快樂。那已經不只是一種習慣，簡直是一種嗜好。我就是喜歡看著小靜笑，不需要任何原由的。

「你今天比較不一樣噢，好像準備了什麼？」

「準備什麼？我有要準備些什麼嗎？」連我自己都有點懷疑了。

「是不是七夕情人節快到了。」小靜繼續問。

「你想說什麼？」

小靜慢慢把身子靠向我，睜大眼睛，對上我的眼。我們兩個的臉愈靠愈近。她臉上換上似乎有點狡猾的笑容，再一次鄭重地問我：「你是不是有什麼要跟我說的啊？快說啊！」

我要跟她說？我要說什麼？我的腦海裡突然閃過「我愛妳」三個字。她是不是在跟我要？那我有沒有說？那天我到底有沒有說呢？怎麼一下子想不起來。雖然只是三個字，卻比什麼都重要。我們之間除了「我愛妳」之外，別無所有，我怎麼可能記不得呢？難道我留在心裡，沒有說出口？如果當時我沒有說，那麼，我曾經在什麼時候，曾經在什麼地方，說過那三個字？我很努力很努力的回想，車上、餐廳、河堤、情人節、她的生日，還是熱情擁抱的每一個時刻？但卻怎麼也找不到答案。那是非常簡單的三個字，而我曾經深深的愛著小靜啊！

我一個人彎身在橋上，淚水和隨之而來的懊悔，已經爬滿我的臉。

二、命運注定如此

二〇〇五年五月的某個週六早上，我開車去內湖驗車。

那時車子的檢驗單位不多。我開那台深藍色的喜美，習慣回本田內湖原廠驗車。由於每天的檢驗車輛有限，所以必須起個大早，大約七點半就到車廠門口排隊。大概快八點，檢驗要開始之前，工作人員會沿著長長的車陣收取行照和汽車登記證，額滿為止。那天我落在安全的限額之內。

檢驗開始後半小時，終於輪到我繳費。我離開車子，走到櫃檯前。前面的一位小姐還沒離開，彷彿跟收費的櫃台人員在討論些什麼，也許是保險證期效或者行照破損之類的問題，多耗了一些時間。但對於已經等待了半個多小時的人，櫃檯就在面前，多那麼兩三分鐘，也就完全不以為意。我心想，小姐，沒關係，妳慢慢談，我等著。

然後，我開始打量起站在櫃台前面的這位小姐。她比我低半顆頭，留著短髮，身形纖細，穿著有著春天氣息的粉紅斑點運動衫和淺藍色長褲。在有限的露出中看來皮膚白皙，聲音是很輕快明亮的那一型。是會讓人一早排在她後面覺得幸運，那樣的感覺。我猜或許比我年輕一些，三十左右的年紀。但一直只能瞥見側臉，不知道長相如何。

大約等了五分鐘，前面小姐完成手續，準備要走回自己的車。在回身時的一刻，我終於可以完整的把她整張臉收入眼底。是很乾淨漂亮的一張臉，會讓人心情立刻變好那樣的一張臉。突然間心頭一震，覺得這個人有點面熟，我好像認得。如果是的話，仔細一算，有將近二十年沒見過面。有可能這麼巧嗎？但我的決定得快，因為她就要離開。只要她上了車，我就沒得問。我鼓起勇氣。

「小姐，請問妳是不是姓林？」我問，以客氣而有禮貌的語調，我並不是很確定。在分開那麼多年之後，要能在異地重逢，這機率很低。

聽到我的問話，那小姐轉向我，但上半身微微後傾。對著陌生的我，顯現有點自我防衛的姿態，臉上並露出狐疑，然後小心翼翼的點點頭說：「我姓林，沒錯。你是？」

突然間，她睜大眼，張大嘴，彷彿不可置信的改變了態度。

「咦，你是……，你是吳瑞陽！」

話一出口，小靜的雙眼立刻瞇起來，展露出我一輩子也忘不了的美麗笑容。原本覺得不可能之事，竟然發生了。命運就是那麼奇妙。

「我是吳瑞陽啊，好久不見，林曉靜同學。」我說，帶著已經轉為興奮的口吻。

「是啊，真的好久好久不見。」她的回答拉得很長，似乎比我還興奮。

「真是沒想到啊！怎麼有這麼巧的事情。」

「對啊！」她說。「從來沒想過會在驗車場遇到。」

「妳還好嗎？」

正當我打算繼續問下去時，櫃台人員敲了敲桌面，還加大音量：「下一位。」我只好暫時中斷我的問題。有小靜美麗的笑容背書，雖然那麼多年不見，讓我有點自信，於是趕快說。

「妳千萬不要跑喔。驗完車之後，到外面的馬路上等我一下。我一定要跟妳好好聊一聊。」

「沒有問題。驗完車，我在外面等你。」

說完，小靜踩著輕盈的步伐回自己的車。我們各自開著車進了驗車場。

驗車的時候，我一直回想著，究竟發生了什麼事情，我們怎麼會十多年沒聯絡，當年我們曾經那麼要好。我想不出為什麼。我也有點擔心待會兒出到門口，不見人跟車，而其實這是一場夢。

還好，這不是夢。等我驗完車出來時，小靜和她那台粉紅的小車還在路邊等著。我離開車，對著她揮揮手，走過去。

「真不可思議耶，實在太巧了。」我說。

「對啊！」一種熟悉的感覺浮上心頭。年輕時她就喜歡附和我的說話，而且尾音會拉得長長的。

「如果我們中間插入一台車，我們就遇不到了。誰知道我的車剛好就接在妳後面。」

「沒錯啊！」還是尾音拉得長長的。

「如果妳繳費時，沒有拖拖拉拉的，我們也遇到不到。」

「亂講，我哪有拖拖拉拉的。我只是問一下行照破損要如何處理，而且也只有一下子啊。」

她皺著眉，差點沒跳起來抗議。不過，態度仍舊很可親。這下子我更確定，她還是當年的小靜。年輕時我喜歡逗她，而她從不以為意。

「好啦，妳沒有拖拖拉拉，只是拖得時間剛好。」我繼續取笑她。

「我根本沒有拖，好嗎！」最後兩個字特別加重音，我則繼續笑。

「拖的時間剛剛好，足夠讓我把妳認出來。否則我如果沒有認出妳來，今天遇到，也是白搭。」我說的可是實話。我對自己居然能夠認出她來，光這點就覺得不可思議。

「你這樣講是有點道理。算你厲害。如果是我先看到你，可能會認不出來。即使看出來有點像，也未必有那個勇氣去問你。」

這倒是真的。只憑記憶中的長相在路上認人，是需要一點勇氣的。小靜雖然活潑，但還沒有膽大到跟陌生人開口相認，我想。

「不過，我能夠認出妳來，還有一點非常重要。」

「哪一點很重要？」

「表示妳都沒有變耶，跟十八歲時的青春模樣是一樣的。」我這樣說，小靜一定很樂。我跟小靜最後一次見面就是在高三那年。她沒有因為時間走遠，而變了模樣，我其實比她還高興。

「你還是很會講話。呵呵。」她確實很高興，高興我這麼說，高興跟我重逢。

「你也沒變啊，我不是也很快認出你來。是我先叫出你的名字的呦。」這一點她可得意啦。

「妳早上有事嗎？如果可以，我們找個地方坐下來，好好聊一聊，好嗎？」我問。

「好啊！」仍然是十幾年前我熟悉的那個小靜。

於是我開車，她跟車，我們一起到民權東路上的一間咖啡店，打算好好敘敘舊。進了店裡，人不多，我們在窗邊的雙人座坐下來。我點了三明治早餐，她則只喝一杯卡布奇諾。感覺上她對飲食很節制，所以還能保持纖細苗條的身材。

我和小靜的關係其實有點複雜。大致上來說，從小學到高中這十二年間一直是鄰居。雖然各搬過一次家，但兩家的距離從來沒有超過二百公尺。小學同校不同班，國中以後不同校。但是小時候不知道彼此有這樣的鄰居關係，直到高一那年一起參加一個跨校的活動。活動結束後，搭公車回家，居然在同一個站牌下車。邊走邊聊天，才發覺有這樣親近的關係。在地理位置上，我們算是鄰居。但高一重新相識後，才成為很要好的朋友。

「妳應該結婚了吧！」已經是三十多歲的人，而那麼多年沒見，這樣的開場白應該是禮貌而妥當的。

「當然，都已經有兩個小孩。小孩都上小學了。」小靜以平淡的語氣回我，彷彿這是平常而命定的一件事。沒有特別愉悅。

「當家庭主婦？還是職業婦女？」我繼續問。

「現在是家庭主婦。結婚之前曾經短暫工作過。但後來辭掉，專心做家庭主婦。」搭配小靜的表情，這回答就有點淡淡的無奈了。看起來，她沒那麼喜歡當純主婦。如果只當個主婦，雖然比較自由，但生活中可能就只有先生和小孩。如果是職業婦女，或許比較累，但至少還有一個以同僚為主的社交圈，生活比較多面向。

「我先生是醫生，結婚時還是住院醫師，很忙的。一個家庭沒辦法兩個人都忙，所以他要我辭了工作，專心在家。」

「喔！那是醫生娘耶！難怪就不用工作了。如果妳跟妳先生的薪水差太多，妳先生一定會要妳辭工作的。大部分醫生都會認為，不需要為那麼一點錢那麼辛苦，也算是心疼老婆啦。」我笑著說。我有幾個大學女同學嫁給醫生，都是同樣的狀況。

「哪有，我先生薪水不高的，不要以為每個醫生薪水都很高。」

「他從畢業後就一直待在公立醫院，跟公務人員一樣。除了死薪水，就只有一些福利金。現在的醫生也都不敢收紅包了，所以收入很有限。時常有人以為我們家很有錢，錯了，我們家真的只是小康而已。」小靜特別加重最後一句。

「顯然妳的小康和我的小康定義有層次的不同，大概是百萬和十萬之間差一個零的距離，呵呵。」我繼續笑著，小靜也被我逗著笑。熟悉的感覺一步一步回來，我們之間的距離也跟著縮短。

「那你勒？不要一直說我，那你現在呢？」小靜反守為攻。

「我啊，當然也結婚了。只有一個女兒，現在也在讀小學。我是唸電機的，妳應該知道吧。研究所畢業之後，就在一家日商工作到現在，做的是IC設計，差不多十多年了。是真正的小康，不是你先生那種小康喔。」我回說。

「你少來。什麼小康，你才是真正的科技新貴啦。」

「在日本大商社底下，只是公務人員。一點都不貴啦，呵呵。」我回。

「那你老婆勒？怎麼認識的？有在工作嗎？」小靜的語氣愈來愈吻合我記憶中的模樣。

「她是我大學時的社團同學，讀銀行系。畢業之後考過高考，就進入了公家銀行。她可能比妳先生還要公務人員，是屬於日出而做日落而息那一型的。」

「我們畢業後就在台北工作定居。女兒出生後，生活更為安定。非常單純。」

「那不錯啊，一個在外商、一個在銀行，只有一個小孩，日子很好過嘛。」

我沒有正面回她。這要繼續說嘴下去，比不完的。不過那種感覺真的回來了。即使是朋友，談話的方式和態度也不是每一個人都一樣。有些人是比較認真的，需要真誠的回應。有些人是經得起開玩笑的，不會太計較。還有一種人不但可以開玩笑，甚至也會反擊。小靜跟我就是這樣的關係。我總是揶揄她，而她也回我以嘲笑。但我們不是笑說對方不好，反而常常是在說對方的比較好。好像是在比較兩個人手中的蛋糕，我說她的巧克力蛋糕比較好吃，她則吹捧我的草莓口味比較可口。然而不論怎麼說，我們只是笑在嘴裡，蛋糕還是留在各自的手中。

就是那樣的感覺回來了。

我們繼續聊著，將近二十年未見，可以聊的東西實在太多太多了。學校、家庭、工作、興趣，一樣一樣說。當然故事之間少不了有很多的彼此揶揄。就這樣，從早餐一直聊到快到中餐。

＊＊＊

嚴格說起來，我和小靜的關係最早是從那次高中跨校活動開始的。

因為下公車之後的聊天，重新認識彼此，我和小靜因此成了好朋友。她家在台中美村路的左側，我家則在右側，走路過去只要三分鐘。除此之外，她唸女校，我唸男校，專心唸書的關係，也很難有機會認識其他的異性朋友。所以，那段時間我們很要好，無話不說。但是因為要準備大學聯考，我不大可能常去找她，平時頂多是撥個電話講講話，或偶而以借筆記之名過去聊聊。

有一次晚上我到她家樓下借補習班筆記，她拿下來給我。我們就站在她家公寓樓下出入口的屋簷下聊天，沒想到一聊就一個多小時。她家爸媽哥姐大概透過窗戶看到樓下的兩個人，注意到我的存在。後來還要小靜來跟我說，下次如果要借筆記，歡迎到她家，坐著聊。

還有一次聖誕節，我約她一起去看電影。但那個檔期似乎沒什麼好片子，我也沒特別研究。結果挑到一部冰天雪地裡拍的美國西部片。有愛情，有槍戰，還有不斷下著的大雪。說實在的，是有一點點奇怪的組合。看完之後，我完全沒什麼感想，甚至還說不清故事的來龍去脈。但我覺得小靜並不介意，好像只要在假日，能跟我在一起，就是一件好事。

我就在那個時候特別注意到，小靜在回答問話時，會拖個長長的尾音，像「是啊！」「對啊！」「好的！」聽慣了，還蠻喜歡她的特殊口音。那總是柔順的回覆中帶點快樂的意味。

我們算不算是狹義的男女朋友呢？說實在的，我不是很確定。連手都沒碰過，更不用提擁抱、接吻之類的標準動作。但我們很能夠聊天，也許是因為從小生活圈是在一起的，有共同的成長記憶。在那個時代，我們家附近還有一半地方是稻田和溪流，是很容易可以翻出許多有趣的故事的。

但是升上高三之後，聊天就很難繼續。面對即將來臨的大學聯考，我和她都賣力讀書，自然很少再打電話或見面。如果我們之間確實有些感覺，確實有可能成為正式的男女朋友，那種可能性在高三那一年逐漸冷卻。

但在那漫長而枯燥的讀書日子中，有個異性可以彼此陪伴，還是很幸福的一件事。她和我都知道，這絕對是專屬於我們倆個的特別回憶。

終於，聯考結束了。我考得非常好。還沒放榜之前，就知道自己要上哪所學校的那一種好法。小靜剛好完全顛倒，很快就決定要重考。所以，放榜之後，我北上唸書，她則留在台中唸重考補習班，我們就分開了。我記得，沒有任何正式的言語或書信說明這個事實，好像「分開」這件事是自然而然的形成。其實也不是分開，就是沒再聯絡，徹底的完全中止。

我這樣在重新回想與她的關係時，不得不覺得自己的殘忍。等於她在考試失敗之後，最沮喪，最需要別人陪伴安慰的時刻，我拋棄了她。或許這樣說，有點太過了。但我總覺得，至少在她重考那一年，我沒有跟她保持通信，繼續給她鼓勵，那麼所有的過錯就完全在我這邊。

我對她是感到有點歉疚的。

＊＊＊

我們在咖啡屋裡繼續聊天，我們很能聊的。突然間，小靜改變話題方向，直接問我一個問題：「你為什麼上大學之後，就不再跟我聯絡？」

這一問立刻讓我顯得很尷尬。但是，這個問題躲不掉，終究是得面對。

按理說，進入大學之後，我的時間比較自由，應該由我主動寫信給她，保持聯絡。究竟我們曾經那麼要好。這絕不是一件很難的事，即使是兩個月寫一封都可以。但是，我沒有這樣做，好像徹底把她忘掉似的。如果是男女朋友，怎麼會這麼絕情。但這已經是快二十年前的事情，以我現在的角度去看當年那個剛上大學的毛頭小伙子，我一時也想不出來那小伙子的心情和想法。

「我想可能是我剛上大學，活動非常多，一忙就忘了跟妳聯絡。」我勉強找出的一個理由，太忙了，但這樣的理由連我自己都說服不了。

「哪有忙成那個樣子？連寫封信的時間都沒有。」小靜是有點生氣的模樣，完全不相信，但是還是保持她一貫的俏皮。我只得努力再找個像樣一點的理由，不能隨便亂編。否則她再多問一點，我一定穿幫。我不是個會說謊的人。

「好吧，大概是我剛從六年的男校中解脫，看到大學中那麼多漂亮的女生，所以，我就把妳忘了。」這就講得很坦白囉。

「也不是故意要忘的啦，就只是被擠到記憶的最裏層去，很久沒有翻出來看，所以就沒再想到。」這種回答比較接近事實。如果我繼續迂迴閃躲，最後還是會被逼到牆角，一樣不得不承認。反正結果相同，即使會斃命，還是乾脆一點。

「噢，你真的很糟糕耶，實在太糟糕了喔。」小靜皺著眉說。

「厚，你真的是見色忘友的一個人，還忘的很乾淨，一忘十幾年。」小靜說，臉色可是認真的。

我都已經投降了，還能怎麼解釋，只能繼續扮笑臉賠不是。

「好啦，就是我的錯，都是我的錯，我應該要道歉。」

「那時候年輕嘛，到了花花世界，難免受到誘惑。所以就把老朋友給忘了。」現在的我為年輕的我找理由解釋。這樣的轉折，雖然有點硬，但我從年輕就知道小靜心很軟，絕對撐不了多久。我想小靜會接受的，接受我的道歉，接受我的賴皮，只要我繼續裝傻。

「哇，還有人自己幫年輕的自己解釋勒，還講得好像還蠻有道理哩。」

「不知道是你的臉皮太厚，還是我的心太軟。」小靜苦笑著，遲疑了兩三秒。

「不准你以後再這麼無情。」顯然，小靜接受了，讓我鬆了一口氣。這麼尷尬的事一次就好，以後千萬不能。

「我絕對不會再這麼做。」我搖搖我的手，特別加重語氣的說。

「妳那麼可愛，我怎麼捨得再這麼做。」最好還是適時讚美一下，我想。

「哇，你又要灌我迷湯哩，沒有用啦。」

「我覺得很難說喔。如果哪天你又看到什麼漂亮的女生，又受到誘惑，突然要消失，誰也攔不住你啊。」小靜是帶著笑意這麼講的。她一定會繼續挖苦我的，但這也是我活該，應得的報應。沒關係，我臉皮厚一點，儘管傻笑就好，讓時間逐漸沖淡一切。

我想，年輕時的「叛逃事件」大概可以告一段落了。

聊天終於要結束。我們要各自返家，最後互相確認一下現在的住址。很令人訝異，我們居然又住在同一條路上。她住仁愛路的北側，我住仁愛路的南側，相隔不到兩個街區。

小學時我們都住在台中的互助新村，相隔兩個巷子。高中時，我們都在台中的美村路，她左邊，我右邊。二十年後，在台北各自成家立業，居然還是在同一條路上。命運何其奇妙，或者該問，命運是為我們做了什麼樣的特殊安排嗎？我一時想不出來。但是無論如何，我是很高興。我重新找回了，應該說是，當年高中時的「女朋友」。

我開車回到家已經接近中午，比平常去驗車所需要的時間長很多。所以，我得跟妻稍微解釋一下，今天早上發生的事。我說，我在驗車場偶然遇上小時候的鄰居同學。但強調的是「鄰居」和「小學同學」，完全沒有「女朋友」這樣的概念。

「她可能是我在小學時期，唯一還記得的鄰居。其他的，不是不知去向，不然，就是完全忘記了。」我說，這絕對是事實。

「我雖然住在市區，但小時候住家四周，都是農地和菜圃。我從小釣青蛙抓泥鰍，所以，我常說自己是農地長大的野小孩。」

「但我的舊家那個區域，後來變化非常大。都變成高樓大廈和公園綠地。所以，我這麼說，很多人都不相信。現在我終於找到一個證人了。她，就只有她，知道我在說什麼。」舊家附近的田地早就被填平，完全找不到當年農地的半點痕跡。現在只剩下記憶了，我的記憶，和小靜的記憶。

「我以前怎麼從來沒聽你說過這個同學？」妻問。

「說實在的，我已經忘了，完全忘記有這樣一個鄰居同學。這一點我還有些不好意思哩。」

「如果不是今天早上偶然遇上。即使我們遇上，但我沒認出來，也沒有用。我們不但遇上，竟然還認得出來，真是不可思議。」的確是很奇妙的一件事，這種事發生的機率有多低呢。

「她是家庭主婦？」妻繼續問。

「對，她是家庭主婦。因為先生是醫生，工作忙，所以要她回家帶小孩。他們有兩個小孩。好像醫生家庭都是這樣的。」

「她看起來就是一切以先生和小孩為主，那樣的家庭主婦。」

「也許有機會，我們兩家可以認識一下。她先生在公立醫院，說不定將來有機會需要去看診。」我說。把這關係攤開來，放在陽光下，是最令人安心的做法。而且我說得很實際。然而，我並不會真想去認識小靜的先生，我只想跟小靜維持關係，維持那種從高中以來的關係。

「以後再看看囉，到時候再說。」妻說。如果是我男性朋友的家庭，妻還有可能去認識。但是，我的女性朋友的家庭，妻會想認識？我不認為妻有這樣的意願。她應該不會喜歡看到我跟另一個女生來往很密切，即使真的只是朋友。我是了解妻的。

妻是我在大二時認識的社團同學。那時社團經常要舉辦演講和營隊活動，我的工作是宣傳，經常要為活動設計製作大型海報。海報是大張的圖畫紙上用水彩畫出來的。我的美術天分還不錯，所以經常由我出點子、構圖，再找其他人幫忙塗顏色。妻就是經常幫忙的同學之一。我記得有一次，海報預定要在週一推出。前一天週日，只有妻願意來幫忙。我不知道當時是因為妻已經喜歡上我，才來幫忙，還是她真的只是樂於助人。總之，我和她兩個人一起窩在社辦一整天，邊畫海報邊聊天，我們之間的感情就好起來了。

之後不只是畫海報，我們還偶而一起吃飯，相約看電影、去爬山。大二的暑假結束，升上大三，我們已經正式成為男女朋友。我經常在下課後，騎腳踏車載著妻在校園中活動，也算是同學之間的一種宣告。

等到大學畢業之後，妻就直接進入銀行工作。妻的個性本來就比較保守、內向，要求安定感。成為公務人員，是一個非常合適的選擇。我雖然比較外向、活動力強，但在內心裏也希望安定。跟妻一起的生活，像下了錨的船，還是擁有活動自由，但從此不再東漂西盪，找不到方向。

我從研究所畢業後一年多，妻大約已經工作五年，雙方的收入都很穩定。很自然的，我們就結婚了。年輕時的妻，十分純真甜美，笑起來時左臉頰有個小小的酒窩。對我而言，當時的她是個絕佳的追隨者。不論我是談到科技的發展，或者是電影、音樂，她都努力地想要跟上，嘗試去感受我的看法。當我們倆在茫茫人海中一起奮鬥，追求共同的未來時，我轉頭時總能看到妻臉上理解的眼光，其實那就是對我最大的支持。

「你說，她家是在復興北路那邊，那離我們家很近哩。」妻突然這麼說。

「也不會很近啦，走過去至少也要十五分鐘。平常我們也沒有什麼理由往那個方向走啊。」

回答時，我是有點心虛。因為，我可不是這樣跟小靜說的。

三、你為何不再愛我

和小靜分開之後，我們就沒再見面，也沒什麼理由好立刻再聯絡。但是偶而寫寫email，聊聊各自的狀況卻是有的。我最常跟她訴說的是，工作上的牢騷和女兒的可愛。她最常寫的是，兩個小孩的求學情形和先生又交代她去做什麼事。雖然只是一些瑣事，但講多了，我們也逐漸對彼此的家庭成員、家庭狀況、學生時代到現在的發展，有某種程度的瞭解。

但也僅僅如此而已。我們依舊各忙各的。

生活沒有因為與小靜的重逢而有任何具體的變化，而那一天命運投下在我們之間所濺起的漣漪也就慢慢淡去。

一年後的某個週四下午，接近下班時，我正在實驗室裡測試剛剛寫完的馬達控制程式。

馬達的轉動一直不是很順暢，低轉速還可以，到了高轉速，有時會莫名其妙的停下來。我仔細看著密密麻麻一行又一行的程式，想挑出問題。而我猜測這應該不是什麼大問題，可能只是某個數字，應該是2寫成3，那樣的粗心差錯。但究竟在什麼地方呢？讓我有點傷腦筋。

當我還在思考，突然間，手機響了。螢幕顯示是艾雯。

還好原本應該人來人往的實驗室，剛好只有我一人。好像是隔壁部門的某個案子順利完成，負責的產品經理請吃雞排的原故。所有相關的工程師都到會議室去慶祝了。我反正肚子不餓，也需要趕點進度，沒有去湊熱鬧。於是我接了電話。

「瑞嗎？你忙不忙？方不方便講電話？」艾雯說。

「可以啊，我可以講電話，剛好不忙。」我說，也順手把轉動中的馬達停下來，專心聽電話。

電話背景聲音有點吵雜，我猜應該是街道上的某個角落。我已經很習慣了，艾雯通常只從兩個地方撥電話來，下班途中暫停在路邊的車上，或在者黃昏市場買菜時的路邊。因為少了行車的聲音，這次大概是後者。

「你明天下午可以嗎？我同學會下午五點結束，你可以來接我嗎？」艾雯問我。

「師大的綜合大樓嘛，我知道啊。明天下午五點我會在樓下門口等妳。妳慢慢來沒有關係，可以和同學多聊一會兒，我會等的。」我回答她。

「五點，你要記得喔。我會儘量準時。」

「想到明天可以跟你見面，我覺得好高興。」艾雯說，確實是有點興奮的口吻。

「我也是，又有好長一段時間沒有看到妳。」我說。其實我記不起來上次見面是什麼時候，總之是以年為單位，我想。

「那我們明天見！」

「同學會慢慢聊，我會等妳的，明天見！」

其實這件事兩天前艾雯就以簡訊跟我聯絡過，只是再確認一次。個性上艾雯比較守舊，每次跟我聯絡，都只用手機和簡訊，不用email。其實用手機打中文是有點麻煩的，但是做為一個國中老師，守舊一點好像也是很自然的。然而，艾雯的守舊不只如此而已。

＊＊＊

艾雯是我大學一年級時，在一次校際的聯誼活動認識的女生，我認識她還在妻之前。因為活動時很聊得來，所以後來便開始通信。中文系的女生嘛，文筆很好，感情細膩而豐富。我很喜歡讀她的來信，也就更勤於回信，最後自然變成好朋友。我偶而便會把她從宿舍約出來見面，吃個宵夜，或散步聊天。在那個年紀，對男生而言，還在摸索感情的階段，沒辦法確定些什麼。但對於一個南部上來的純樸女生而言，相約幾乎已經近於承諾。幾次見面後，艾雯甚至會主動挽著我的手臂，用很溫柔的眼光望著我，像望著未來。

後來妻出現了，我同時與兩個女生來往。

但是沒多久我就發覺，妻要比艾雯適合當我的未來伴侶。這原本是極為單純的一件事，只要說開來也就結束。但是我的自私阻止了我，我繼續貪戀著艾雯的溫柔，讓她的盼望不斷的升高，而終於不可避免的發生了悲劇。

如果這悲劇由兩個人共同承擔，或許會輕一點。沒想到竟然是讓艾雯一個人暗自承受。大四時，有一天我和妻，那時候的女朋友，牽手走在學校旁的街道上，居然被剛好到附近購物的艾雯親眼目睹。她看到的那一刻，非常震驚，但她沒有跟我相認，沒有當面讓我難堪。然而未來的希望突然變成謊言，那樣的衝擊有多巨大？艾雯什麼都沒說，只是默默離開，獨自吞下那有如五臟俱焚的難受。

艾雯回去之後，以一封長信寫下她的痛苦與憤怒。我收到信時，也十分震驚。更令人難過的是，大部分的字句在描述她的痛苦，而我所真正欠缺的卻是痛罵。人的個性如此，連憤恨攤在信紙上都顯得溫柔。這讓我更深深感到愧疚。

這當然是我的錯，我想解釋，必需要道歉，雖然不知道如何來彌補。但艾雯已經不願意再跟我見面。唯一所能做的就是繼續寫信，然而艾雯沒有立刻回信。我甚至不知道她究竟有沒有讀信。她的痛苦是可以想像的，她受的傷絕對需要很長一段時間來復原。

在她療傷止痛的這個時期，我們之間的關係因此冷卻下來，淡到僅剩年末卡片的季節問侯。幸好，她還是找到未來的另一半。畢業之後，她跟著男朋友移居中部，結婚生子。轉眼間，十幾年過去。

很奇妙的，我們不知道怎麼的，始終沒有斷了聯絡。而隨著時間拉長，痛苦被淡忘了，但是年輕時共有的青春記憶卻依然留存在心。我們終究沒有離開彼此，雖然自此之後我們很少見面。

＊＊＊

第二天依約，我在五點前就到綜合大樓門口，只比艾雯早到一點點。艾雯是從大樓裡走出來的，遠處現身時，小巧的臉上掛著淺淺的微笑。年輕時她是短髮，現在留長了，並綁個馬尾在後面，看起來俏麗。她穿著一身粉白有蕾絲邊的連身洋裝，踩著細碎的步伐穩穩地走過來，念中文系的，就是給人一種飄飄然的感覺，現在依然如此。她還是苗條的身材，但她的苗條很可能是生活勞累所致。

艾雯每次見面初看我的表情都顯得有點生澀，或者說是遲疑。好像她必須先確定我沒有改變，身上還留著當年對她的感情，她才能放下心。不過，這從來不是個問題。只要我們開始說話，年輕時蓄積的熟悉感慢慢回來，她自然可以放鬆。

由於她在彰化工作、生活，很少上台北來，所以，我們見面的機會極為有限。大概是兩年一次這種頻率。而且每次見面之後，她就急著回家，彷彿她害怕晚回家會錯過什麼事，或者她家真的很需要她。

我們碰了面後，也沒有特定要去哪裡，所以往大安森林公園的方向走。天還不算暗，我們並肩走在路上，跟一對普通朋友沒有兩樣。剛好有一群下課的國中生迎面走過，艾雯還不自覺地拉開我和她之間的距離。我也很習慣，我知道她有點害怕在路上遇到認識的學生，即使這裡是台北，而我們的樣子也根本不像情侶。

到了公園，我們循著走道邊走邊聊，等著夜色慢慢淹沒我們。

聊了一陣子後，我想到她的婆婆。

「妳婆婆還好嗎？有沒有又做什麼壞事？」我故意問。艾雯的先生也是老師，但是不同校。先生家是一個很傳統的家庭。公公早逝，只剩下一個婆婆同住。婆婆管先生，管她，但溺愛孫子。大概是八點檔連續劇中那種討人厭婆婆的模樣。艾雯顯得很不好意思地看著我。

「你怎麼這樣問？先問我婆婆。」艾雯皺著眉抿著嘴回我。但她瞭解我的，我從來就不是一個規規矩矩的人，喜歡直挑重點，尤其是看不順眼的地方。

「因為我知道她常常會『苦毒』妳啊。」我說。

「她不是常會說，妳煮的菜不好吃。家裡什麼地方髒了、亂了，會唸妳都不整理。有時候甚至會用難聽的話罵妳嗎？」

之前艾雯跟我描述她的婆婆時，我是非常訝異。這是什麼時代了，總覺得不應該讓這樣的事情發生。

「沒有那麼常發生啦。」艾雯回我。

「兩個孫子都大了，聽得懂，最近比較不會啦。」艾雯幫她婆婆解釋。有沒有改善，我不知道，但我是非常討厭倚老賣老這種事。不是長輩就有權力罵人。

「下次如果她發脾氣，妳應該把她罵回去。想想看，現在是妳們賺錢養她，供她吃，供她住，妳們不需要依賴她生活耶。這種事不是，年紀比較大就什麼都對。應該要能彼此尊重，妳應該讓她了解。」我繼續說，想到更好的講法。

「想想看，如果妳罵妳婆婆，她能怎麼做，把妳趕出去嗎？」

「妳要賺錢，要帶小孩，要維持一個家。把妳趕出去，他們自己來做，豈不是自找麻煩。相反的，反而妳可以把妳婆婆趕出去。如果她在外面生活不下去，最後也只能乖乖回來求妳。妳才是這個家真正的女主人，不是她。」談到她婆婆的事，有時會令我有點氣憤，替艾雯感到心疼。

「怎麼可能，我不敢啦。鄰居會怎麼說我，會說得很難聽。」艾雯哀怨地說。

我知道艾雯不可能照我講的做，這麼說只是幫她出出氣而已。我也知道真正的問題不在她婆婆，而是在她先生。如果她先生願意多站在她的立場想，多幫她一點，或許她不會過得那麼辛苦。但是她先生是那種很孝順，很聽媽媽話，下班回家，吃完晚餐後，只看電視、玩電腦，其他什麼都不管的人。

在我的看法裏，這種男人雖然沒有什麼不良嗜好，不是個壞人，卻始終沒有長大。也沒有打算扛起責任，當一家之主。而當太太的，地位還在他之下，當然很辛苦。

我真的很想幫艾雯，但也不知如何幫起。我只能給她一些觀念，希望她能稍微修正做法，不要把所有事情都攬在自己身上。

「妳和先生兩個都在工作。家事和教育小孩，應該由兩個人共同分擔啊。」我說。

「如果我要求他們洗碗、掃地，他們根本就是隨便做，應付了事。他們洗完，我還得重洗一遍。倒不如我就直接做了。」

「至於小孩的教育，兩個兒子如果跟著他們老爸，成天只會打電動，功課都不做。最後只會造成我跟我先生吵架而已。」艾雯說。

我想，艾雯是個國中老師，對兩個小孩有所期望，所以要求也比較多。這時候如果先生是開明派的，習慣放任小孩自由學習，艾雯一定會受不了。她先生可能會這麼說，妳愛教，妳會教，那妳自己教。這大概就是她先生的做法。我知道在一個家庭裡，這種有關小孩教育的歧見最難化解，所以也沒什麼好辦法。

「妳在學校會教學生男女平等嗎？」我突然問她。

「當然會啊。」艾雯回我。

「那妳就千萬不要讓學生知道，妳在課堂上講的和家裡做的，完全不一樣。」我這樣說，讓艾雯覺得很尷尬。但基本上我只是不希望她把所有事情都攬在自己身上，家事和責任應該是夫妻共同分擔。

「我有想到一個解決的方法，而且已經打算這樣做。」艾雯的眼中很少見的，閃耀出一種聰慧的光芒。我聽著，讓她繼續說下去。

「我打算和小孩搬出去。我們在離家不遠處有買一棟新公寓，我和小孩要搬到那裏住。每天下班下課還是回到舊家。我煮好飯，吃過晚餐後，就帶小孩回新家。我可以在新家陪小孩唸書做功課，直到睡覺。這樣既不影響婆婆和先生的生活作息。其實他們更自由，沒有小孩吵。我也可以看好小孩的功課。」

我愣了一下。心想，天呀！我講了半天，居然是白講嗎，還是她聽不懂我的話。我都講得那麼白了，都想把她婆婆趕出去。她居然回過頭來，把更多的責任扛在自己身上。我還要說些什麼，看著她閃亮的眼睛，我都想放棄了。

艾雯的腦海中被植入的傳統觀念太深、太堅固。她對好太太、好媳婦和好媽媽的定義已經到了難以動搖的程度。她那麼努力想符合她所扮演的角色，卻沒有改變的勇氣，注定一輩子都會很辛苦。

「唉，我對妳真沒辦法。想要救妳出苦海，妳還自己愈鑽愈深。」

「不會啦，不會苦啦，我覺得小孩的教育很重要耶。」

小孩的教育是很重要，但不能只是太太單方面的責任啊。艾雯應該懂的。要改變她先生、婆婆實在太難了，所以乾脆自己來改變。

我看著艾雯苦笑。她也笑，但帶著歉意。我還能怎麼做呢？我想著。既然沒辦法改變她的命運，也只好放棄。但是我知道，至少有些事是我可以做的。因為她對我精神上的依賴，我是有能力可以幫她舒緩精神上的困苦的。所以不想再跟她爭辯婆媳關係和小孩教育的問題，我想換個話題。

剛好今天天氣很好，雖然有些雲，但入夜之後天空仍舊露出一些星光。我有個想法，於是，帶著艾雯走到一片草坪的正中央，避開所有的路燈光源。我看著天空，找了一陣子之後，指著天上的星星，跟她說織女牛郎的位置。

「那是織女星，是天空有名的亮星之一，發出藍白色光芒。」手指一邊。

「那是牛郎星，顏色稍微有點偏黃。」手指另一邊。

「織女位在天琴座，是天琴的主星。牛郎則在天鷹座，很容易辨識，是三顆並排星，中間最亮的那顆。」

「如果現在去溪頭，或是在高山上。可以看到非常多的星星，所謂的銀河，從織女和牛郎之間經過。他們倆就被隔在銀河的兩邊。」

「所以，中國的傳說，七夕鵲橋會。每年只有一天，喜鵲搭橋，他們才能在橋上相會。」

靠著我的指引，艾雯找到那兩顆亮星。她顯然很高興。

「妳覺得我們像不像牛郎與織女？幾年見一次面。」她點點頭，依然很開心。我繼續說。

「事實上，織女和牛郎星的位置是固定的，不會移動。所以，兩顆星永遠也不會有機會碰在一起。鵲橋會純粹是人們的想像。」

「可是織女牛郎的故事很淒美漂亮啊，所以才能流傳那麼久。」艾雯說。基本上，她感性，我理性，我們是兩個不同型的人。譬如我們一起在看星星時，她看到的是淒美的故事，我注意到的卻是每個星座的主星、相對位置和可觀察度。

既然她喜歡的是神話，我倒是還有許多故事可說。我繼續指著星空。

「在這銀河中，有一個由五顆亮星組成的天鵝座，所謂的北十字，也很容易辨認。」我指給艾雯看。那隻天鵝原本應該是沉浸在銀河裡的，但在城市中看不到銀河，即使是主要的五顆星也只是勉強可見而已。但一下子就可以看出三個星座，那麼多星星，艾雯是有點興奮的。

「我看出北十字那五顆星了耶。」

「很好認吧，夏天的天空中很容易找得到。」我繼續說。

「在希臘羅馬神話裏頭，天鷹座、天鵝座都和宙斯偷情有關。」

「天神宙斯偷情，真的嗎？」艾雯回頭看著我問。

「神話裡說，宙斯喜歡上斯巴達美麗的王后麗達，但是沒有什麼好方法可以接近她。他想到一個苦肉計來吸引她。於是，宙斯要愛神維納斯變成老鷹，自己則變成天鵝。老鷹追著天鵝，跑到麗達王后的身邊。美麗的王后自然把天鵝抱進懷裡，把老鷹趕走。結果，在王后懷抱的宙斯最後當然佔有了她。」

「是嗎？天神也會這樣耍詐騙人。」

「神話就是這樣說啊，大概天神也一樣有人性吧。」我說。

「為了紀念這段『戰績』，宙斯把天鵝和老鷹的形象放到天空裏，變成後來的天鵝座和天鷹座。所以是宙斯偷情的象徵。」

「但這神話的後半段就有點離奇了。宙斯與麗達偷情後，麗達生下兩顆蛋。這兩顆蛋，其中一顆孵化出兩兄弟，就是後來的雙子座。另一顆孵化出特洛伊戰爭的絕世美女海倫和她姐姐。」

「什麼？好有趣喔。人怎麼會生蛋。」艾雯說。

「我不知道編這神話的人是怎麼想的，這後半段是有點不大通啦。」

「不過，這一切都是宙斯害的，卻是確定的。」

「其實不只是這兩個啦，其他很多星座都跟眾神之王宙斯偷情有關。包括大熊座、小熊座、金牛座、英仙座、武仙座、雙子座等等，不是宙斯的情婦，宙斯偷情的化身，就是他的私生子。簡直半個星空演的，都是宙斯的風流史。」

「妳會不會覺得奇怪？同一個天空，東方看上去，是織女、牛郎、嫦娥、玉兔，寂寞得可以。但是西方看上去，卻是出軌、情婦和私生子，充滿激情和男歡女愛。」

「東西方的天空怎麼會差那麼多？」我說。

「好像東西方的人腦袋裡裝的是完全不一樣的東西。」

我突然轉頭問艾雯：「如果妳能有所選擇，妳要活在東方的天空下？還是西方的？」

「如果有你陪伴，我一定選西方。」艾雯倒是毫不猶豫。

「但是……但是……你不准四處偷情。」艾雯俏皮的輕笑著說。我大聲笑了出來，走了整個晚上，我終於也有語塞的時候。

我被她虧沒有關係，只要看到艾雯開心，所有的煩惱拋到一邊，能有個快樂的晚上，我就覺得值得。在她的生命裡，我有我自己特別的角色。

我們繼續在公園裡走了一陣子，時間快到，才往捷運站走去。要進捷運站前，我把艾雯拉到暗處，給她深深的擁抱和長長的一吻。當她悠哉地睜開眼，我從她臉上讀出滿意的笑容。

以前有一次見面，分別時我既沒抱也沒吻，結果隔了半小時，艾雯發了簡訊來，很明白的表示了她的失望之情。問我，是不是對她的感情變了。從此，我就記得，一定不能省略這兩個步驟。

我其實也不大確定這擁抱和吻有什麼深刻的意義。充其量只能算是一個美好夜晚的完美句點。完全沒有任何作用，可以改變些什麼。但是我知道艾雯對未來是有期望的，這親密動作所衍生的愛意，會轉化成她生活上的動力，在最艱苦現實的磨難下，仍舊支持她走向未來。也許這樣就夠了。

接下來，我搭捷運送她去台北車站，簡單用個晚餐，就送她進高鐵月台。分別之前，我跟她說。

「下次見面要給我一點好消息啊。」

「什麼好消息？」艾雯不解的問我。

「像是妳甩了妳婆婆兩記耳光之類的。」我說。

艾雯抿著嘴笑了起來，轉身進了車站。

當艾雯回去之後，日子立刻平靜下來。我的心情也是，回到工作模式。但這種平靜沒有持續很久，因為小靜回來了。

在我和小靜的聯絡逐漸變淡，淡到只剩下耶誕節的電子賀卡問候之際，有一天我突然收到她的email，只有短短數行。

你還好嗎？你們家還好嗎？好久沒有跟你聯絡。

人生很難預料。有些事情一輩子都沒想過，但終究還是碰上。

你最近有空嗎？我有事情要請教你，見面講比較方便。

雖然文字短短的，但讀來有沉重之感，應該是發生什麼嚴重的事。我不想臆測，但是，我可以幫上什麼忙呢？通常朋友會來找我幫忙的，就只有電腦中毒，或某個程式要到哪裡下載之類的，很少有超出科技領域的範圍。然而，我還是跟小靜約了時間，週五下午她會到公司附近一家比較幽靜的咖啡屋等我。

週五我準時過去，小靜已經在裏頭角落坐著等。

我看到她時有點嚇了一跳，因為她明顯的瘦了許多。當我在她對面坐下時，仔細看看她，不僅是瘦而已，還顯得有點憔悴。

「妳怎麼瘦那麼多啊？怎麼不多吃一點。」我是感到有點心疼。

「我有瘦嗎？也許是我經常去運動俱樂部運動的關係。」小靜說，但是神色怪怪的。

「我們大概有一兩年沒見了吧，我來看比較準。妳瘦很多，太瘦了不好看喔。」

「是嗎？那我回去再多吃一點。但是很討厭的是，該胖的地方總是不會胖。」

「真的嗎，你是說胸部？還是屁股？」我逗她。

「你討厭耶。什麼胸部、屁股，我是說臉啦，都不會胖在臉。」小靜大聲回我，終於露出笑容，臉色就顯得好看多了。我也有注意到，小靜很明顯的是瘦在臉部，兩頰陷下去了。她的臉是應該胖一點比較好看。

「是嗎？那回去每天打自己巴掌，看能不能打得『胖皮』一點。」我說。

「你神經病啦，你也很瘦啊，你先打給我看。」小靜用眼睛惡狠狠地瞪我，用嘴嘟我。我達到目的了。希望她快樂一點，不要憔悴。

「你的工作怎麼樣？最近過得好嗎？」小靜先正經起來。

「還是老樣子啊，我在這家公司做了十多年，工作都很熟悉，甚至是有點膩了。平常如果不是去開會，就是在自己的位置上寫程式。現在的IC設計已經不畫線路圖，都是寫硬體語言的，有點像寫電腦軟體。」我不大願意解釋我的工作，對一般人而言，IC或硬體語言聽起來就像外星語一樣，小靜可能也不大有興趣。

「那你家呢？」小靜繼續問。我感覺小靜有點心不在焉，雖然問問題，但是好像沒有把我的回答聽進去。不過，我還是給了答覆。

「我們家沒什麼問題囉。女兒已經小學六年級，小學就在家隔壁。女兒都自己上下學，跨過巷子就到了。過得很自由，很快樂。」

「老婆還是在銀行。最近因為換到不同部門，抱怨工作多了一點。但所謂的多一點，也不過是忙到七點才到家。在我看來，還可以接受囉。」我說完後，立刻接著反問，因為今天的重點在她，而不在我。

「那妳勒？妳家還好嗎？」

小靜先沉默一小陣子，喝口水。而我在她眼中似乎發覺淡淡的淚光。她深深的嘆口氣，然後說：「我先生好像有外遇。」

我嚇了一大跳，整個人往後躺臥在椅背上，並睜大了眼睛。我稍微愣了一下，考慮著接下來怎麼說，謹慎地說。

「妳確定嗎？還是妳只是懷疑？這差很多哩。」我問她。

「應該是蠻確定的。有外遇的對象，但是不知道有多深。」沒想到小靜回得那麼篤定。

「這怎麼可能呢？我記得妳上次說跟先生很好，幾乎所有事情都順著妳先生。只要先生交代，妳就去辦。妳先生出國上課或開會，妳都會跟著一起去。你們就是完全生活在一起，怎麼可能會發生這種事。妳確定嗎？」我是真的很訝異。

「我剛開始也不相信，但是跡象愈來愈明顯。」小靜回我。她先鎮定一下自己，然後繼續說。

「跡象也不是一次兩次，而是幾乎天天在家裡發生。」這可真出我意料。哪有人把外遇還帶回家的。

「我先生在一次醫學學會中認識了一個女醫生。那個女醫生小時候在國外長大，所以英文像母語，講得非常好。我先生以練英文當藉口，經常找機會接近那個女醫生。」

「嗯，這樣還好啊，只是找個同行的女生練英文，多少也跟工作有關，聽起來還算合理啊。」我慢慢坐正，恢復平常的態度。或許是小靜太敏感了一點，我想。

「我先生每天醫院回來，吃過晚餐，我去洗碗時，他通常就待在餐桌上看書或寫寫文章。我們家雖然有書房，可是塞滿了他買來的各式各樣的書，剩下的空間不多，所以，他喜歡待在餐廳。一方面位置比較大，另一方面也可以直接從那裏看客廳的電視。他也喜歡看政論節目。」

「但最近他都不這樣做了。吃飽飯，就躲進書房，打開筆電，用Skype和那女生視訊互動，用英文聊天。」

「喔，雖然對象是女生，可是只是在家裡Skype，而且是講英文，也算是練習英文的好方法。或許他比較直，忽略了妳的感受，如此而已吧。」我是真的這麼認為。

小靜長長嘆了一口氣，繼續說：「如果只是那麼單純，那就好了。可是一講就一兩個小時，剛開始講英文，但最近愈來愈常講中文，還有說有笑。後來我先生甚至說，外面太吵了，聽不清楚，所以關起門來講。」

「你想想看，每天晚上一兩個小時，躲在房間講Skype，還經常聽到笑聲，我怎麼會覺得好受。」

這樣就有點問題。我也是個男生，在外面工作跑動，有時候遇到漂亮女生，又很聊得來，難免會心動。我可以體會。但是，如果是我發生這種事情，一定遮遮掩掩，儘量不讓太太知道。大部分男生都會這樣做，但她先生顯然不是。

「你覺得我先生這樣，像不像有外遇？」

這個問題實在不大好回答。照小靜說的，她先生應該是很喜歡那個女醫生，不然，不會每天花那麼長的時間跟她聊天。但這件事情究竟有多嚴重，可能還需要多觀察一下。我覺得還是不要冒然當偵探，先當個和事佬比較好。

「妳先生比較特別，大概是當醫生的關係。當醫生的都比較主觀，都是別人聽他的，比較不會體會其他人的感受。」

「沒辦法，妳就嫁給這樣一個醫生，不會考慮妳的感受。」

「妳們家不是每年出國旅遊，有時候英國法國，有時候日本美國。要不要今年多安排幾次國外旅遊，一方面讓他暫時和那女生斷絕聯絡，一方面也可以從旅遊中恢復夫妻感情。」這是我的建議。大概是所有想當和事佬的標準台詞。

聽到這，小靜的臉上露出無奈的顏色，欲言又止。最後，還是忍不住說了。

「其實不只如此，還有其他，所以才讓我覺得很難過。」

「兩週前我在我先生的筆記本裡發現，他有特別記下，下個月有個四天的學術研討會在東京。我覺得奇怪。以往如果要出國開會，他都會要我提前幾個月預定機票和旅館，安排所有行程。然後，我們會一起去。開會之外的時間，就到附近景點旅遊。但這次居然沒有事先告訴我。」

「那天下班，我就故意問他，有注意到他記下的東京研討會。問他怎麼沒有叫她安排，是不是這次不打算去參加？」

「沒想到我先生居然跟我說，這一次開會，他已經請部門助理訂好機票和旅館。這一次我不適合參加。」

「我不適合參加？以前每一次都很適合，這一次突然不適合。這是為什麼？」原本白皙的小靜的臉，現在變得更為蒼白。而且蒼白之中有點憤意。

「我問我先生為什麼。我先生說，這次會議內容都很冗長，但又很重要。可能不能像以前那樣提前離開，偷偷跑去玩。我去，等他開會，會很無聊。」

「我說，沒關係啊，你們去開會，我自己去玩啊。東京有很多地方可以逛。」

「這個理由不通。我先生又找了另一個理由說，其他醫生都沒有帶太太，我跟去很奇怪之類的。總之，他就是不想讓我去。」

「我當然覺得不大對勁。所以，前幾天我想一想，就透過學會認識的人去查了參加者名單，果然那個女醫生也有參加。說不定，我先生還請助理訂一樣的班機，住一樣的飯店。」

「想到就很令人生氣。」小靜憤恨地說。

聽到這裡，我快不知道該怎麼說。這必須怪她先生，動作太明顯，連要幫他解釋的餘地都沒有。我真的得好好考慮接下來該怎麼說了。

如果這真的是一場外遇，而且已經在進行中，好像也不適合繼續欺騙自己。應該需要比較認真來面對。於是，我換個角度，想從她先生的行為心理方面來分析，給小靜一些建議。我說。

「有些男生比較動物性，看到有吸引力的女生，有時內心裡會燃起激情。也許妳先生屬於這種狀況。結婚久了，工作疲乏，抗拒不了外遇帶來的刺激感。或許是這樣的。」我講得不是很確定，只是一種揣測。

「什麼？他會疲乏，就可以追求刺激？那我要在家認命的煮飯帶小孩。這公平嗎？哪有這種道理。」小靜聽了更生氣，也許我的講法不大好。可是，這很可能是事實。我想，最好先瞭解事實，做最壞的打算，再想如何避免走到最壞的結果。

「我覺得動物性男生的激情都是短暫的啦。一開始衝很高，但是相處一陣子，發現個性不合、要求很多、時間難掌控，激情就會慢慢淡去。更何況妳先生是公立醫院醫生，有社會地位，有家有小孩，已經不再年輕，應該也很重面子。這種事會損及他個人的聲譽，別人對他的看法，激情不會持續太久的。我想等激情過去，他就會回歸原來的生活。」我說。

「難道我什麼都不能做，在家等他玩膩了，再回頭，是這樣嗎？」看得出來，小靜還是很生氣。

我好像怎麼說都不對，不過還是得繼續。

「我只是指出最壞的情況。妳先生究竟是個理性的人，我不認為他會讓外遇摧毀好不容易經營多年的婚姻、家庭、工作和聲譽。他遲早會清醒的，只是這段時間妳會很難熬。」

「難熬？我已經胃痛好久了。只是不知道還要多久。」

說實在的，我也不是婚姻問題專家，我的講法也只能當參考。可是看看小靜過去的做法，整個生活重心都放在先生身上，還是不可避免地發生這種事，從這裡我卻看到一些不大妥當的地方。不管這外遇是否為真，會造成何種結果，我想給她關於個人方面的建議。

「我覺得妳可以藉這個事情重新想想，關於婚姻，關於夫妻關係。」

「我個人的看法是，在婚姻裡，任何一方依賴另一方都不是一件好事。最好要有各自獨立的生活，獨立的生活圈。妳年輕時可能太溫順了，只想好好扮演妻子的角色，結果變成先生的附屬品。所以，妳先生把妳的努力都當成理所當然。」

「這種狀況在年輕剛結婚時沒有什麼問題。因為還有愛嘛，可是等到年紀大時，婚姻久了疲乏，而孩子也都長大。那麼支撐家的只剩先生對太太的『愛』，也許也沒有愛了，只剩下『善意』，那就很危險了。」

「哪天先生突然變心，像這次事件，善意不見了。他還有工作，對外的交際生活圈。那妳還剩下些什麼？也許可以想想這樣的問題。」這麼說有點殘忍，好像預言人家會有不好的下場。但是先把最壞的狀況預想一遍，有妥當的心理準備和應付的方法，也可以避免真的發生時，天崩地裂，整個世界崩潰。

小靜聽完後，靜默了一陣子，然後才緩緩說。

「我這輩子從來沒想過會發生這種事。曾經看到朋友先生有了外遇，但從來也沒預料到會發生在我們家。我一直很努力維持這個家啊。」

「現在真的發生了，不只是難過而已。我已經不知道要相信些什麼了。」

「如果周遭別人都不可信，那就要相信自己啊。永遠要把自己擺在第一位，而不是先生。」

這是我的看法。

我不確定小靜有沒有聽進我的意見。她的心思好像還是集中在如何挽回她的先生。但她先生現在很可能是激情過頭，什麼也聽不進去，她的努力很可能完全無效。不管如何，我們還是繼續討論了一陣子。我能給的建議其實不多，直到該回去上班了，我們才分開。

這次見面之後，我們用email又繼續談了一陣，多半還是在討論她先生外遇的各種跡象。總之，我可以感受到，小靜是多麼努力的想穩住她的婚姻。但搖的是海，不是船，她在船上很難有什麼好方法。

然後，訊息愈來愈少，而我有了自己的煩惱。心思也就沒在小靜身上。

我的煩惱是，我想換工作。

我的工作並沒有什麼不好，只是已經工作十多年，四十多歲了，如果想換工作，愈晚會愈難換。到這個年紀，我必須思考的是，要在這個工作直到退休，或者趁著還有能力、還有價值時，出去找找看。我是很喜歡挑戰新事物的人，一輩子只做一個工作，是不大甘心的。所以，我想換工作。

跟妻討論過，她既不反對，也沒有鼓勵。大概是像拳擊場上的裁判一樣保持中立。一方面她很保守，需要安全感，我維持現有的工作會讓她感到安心。另一方面她又十分瞭解我，我是很難安於重複性的工作的，如果不讓我換換看，這輩子難免有遺憾。

我們達到一個共識，找找看吧，一年內找不到合適的，那就原來的工作做到退休。她賭我不好找，我賭自己的運氣。

結果，我的運氣還不錯。

有一天和公司的業務處長李爾到新竹拜訪客戶。開車回程中，在車上聊一陣子，提到換工作這個話題。我說了自己的看法，不想在同一個工作做到退休，有機會想試試看。

李爾的年紀比我大幾歲，這家外商是他的第三個工作，所以他至少換過兩次，應該可以給我一些建議。

「你有沒有想清楚？確定嗎？你真的想換工作？」李爾很慎重地問我。

「想試試看，如果等到年紀再大，恐怕會更難找。」我回。

「換工作其實蠻辛苦的。要找工作，即使找到了，也要適應。而且沒有保證工作環境一定比舊的工作好。」

「我知道，我考慮過。如果只是要安穩，那就不用換了。換了有風險，我願意承擔。其實人生不論做什麼事，只要是改變，都有風險的。」

李爾稍微想了一下，繼續說：「你是做研發的，條件非常好。台灣很多IC Design House都需要你這樣的人，你確實是有條件可以試試看。如果找不到合適的，大不了就留下來。」大概是被我說服了。

「我待過三個公司。第一個是小型台商，第二個是大型台商，第三個，現在這個是外商。我的經驗是，薪水和福利一個比一個好，還是外商好。我們公司對我們很照顧啊，唯一的問題是，沒有股票。養家活口OK啦，但是就是沒有什麼突然致富的機會。」

「這我瞭解。但我在外商享受很棒的福利十多年，也夠了。這次換工作，我想試試台商，即使辛苦些，但我是不怕苦的那種人。」

「瑞，我瞭解你。你實力很好，也很能吃苦。我們公司的IC業務就是我們一起辛苦打下來的啊。」

李爾和我很熟。過去這十幾年，他抓客戶，我做技術，我們合作過許多大案子，非常成功。可以說，我們是十分匹配的工作夥伴。

「四十幾歲換工作，可能是末班車囉。你有聽過有誰五十多歲才在換工作的嗎？」我問他。

「說的也是。但是要換到台商，得要有心理準備。台商的管理制度普遍不如外商健全，這是我的經驗。待台商要碰運氣，如果老闆不好，工作會非常辛苦。」

「我想過這樣的問題。反正如果遇到不好的老闆，就只好再換一個工作。四十多歲還可以闖一闖，還會有人要。」我說。

「也好，去闖闖看。跳到台商，多半可以拿到不少的股票。說不定可以因此而賺大錢。」李爾說。

「賺錢要有命，我是不為了賺大錢而跳槽的。我是覺得我在研發工作方面很有天分，而台商的環境比較競爭，我想去試試看自己的能力。」很多人換工作是因為對現有工作不滿意，薪水太低或公司福利差，但我不是。我單純的只是因為想挑戰自己的能力。這一點李爾應該瞭解我，這也是我找他談的原因。

「好吧，既然你已經做了決定。這樣吧，上個月我代表公司參加電子公會的聚餐時，旁邊剛好坐了一位IC設計公司的副總，公司好像在新店。他跟我聊時，特別跟我說，他很缺人，缺研發人員。如果我知道哪裡有好的人才，可以介紹給他。沒想到今天你就跟我提要換工作。這麼巧。待會兒，我回到公司，找一下他的電話。我就把你介紹給他。」李爾說。我沒想到機會這麼快就來到。可是如果談得成，我就會離職，我們這一對好搭檔就要拆夥。這樣說來多少是有點感傷，不過，職場工作這也是難免的。

李爾回去之後就打了電話。

沒想到幾天內，對方秘書就打電話來要跟我約見面。這麼快，真是出乎意料之外。我趕緊準備了非常詳細的履歷表，包括學經歷和我做過的各種產品，用email寄過去，然後，就等著和對方見面。

幾天後對方秘書來電，跟我確定要在週五面談，我就請了半天假過去新店。

到了公司，說明來意，公司小姐非常慎重而有禮貌的接待我，也許因為我是副總直接約談的人。她讓我在會議室填完基本人事資料之後，就直接帶我去副總的辦公室。

副總已經在他的辦公桌等著。他站起身來，伸出手很熱情的跟我握手。他給我的第一印象非常好。大約比我大十歲左右，身材看來結實，比我稍高，全身打理得很乾淨。穿淺藍筆挺的襯衫，臉上線條緊緻，看人時帶著笑。一般搞技術的人，多半不在意服裝外表，休閒衫加一頭亂髮並不少見，但是，副總不是。

我們坐下之後，副總就開始說話。

「李爾很推薦你，說你是你們公司最優秀的研發經理。」副總說。

「哪裡，他過獎了。」我很客氣地回答。

「我看過你的履歷表。你的學經歷非常好，做過很多產品。而且在這家外商待了十六年，算是很資深的員工了。」副總繼續說。

「對，我畢業就到這家公司。剛進公司時，不到五十人，現在將近一百五十了。可以說，我是跟著這家公司一起成長的。」我說。

「那你為什麼會想離開？工作得好好的。」副總的第一個問題。

我把我對李爾所講的那番話，簡單的再講一遍。我必須讓副總知道，我並不是因為任何的不滿，或者遇到重大挫折，才選擇要離開。被迫離職和自願想走，是完全不同的兩個層次。副總似乎也可以明白我的想法，沒有對我的陳述，提出任何疑問，反而切到別的話題。

「你有看過我們公司網頁，看過我們公司產品嗎？」

「副總，我有事先看過。看起來產品種類非常多，很難去細看每一項。不過，感覺都不是新產品，應該是已經發展了好多年。」電子業界要換工作，一定先看新公司有什麼產品，這是基本功課。然後，要衡量自己可以做些什麼。這一點就讓我有點困惑，老產品不大需要我，難道副總要我去開發什麼新技術。

「你說的沒錯。這是一家老公司，當年挑對產品，賺了不少錢。可是後來卻沒有開發出什麼新東西，所以，一直在吃老本。我們很需要新血，來開發新一代的產品。」副總說完，也開始提他的個人背景。他在美國唸完博士後，前幾年在美國工作。後來和人合夥回台灣新竹創業。創業公司做得還不錯，結果被這家公司併購。在這家公司又工作幾年後，才變成這家公司的副總。

看樣子，副總的學識和經驗應該是蠻豐富的。科技業進步得很快，誰都得不斷的學習，跟著這樣一位副總應該可以學到許多東西。副總蠻符合我的期望。李爾也說過，新老闆非常重要。

「這家公司一定有你可以貢獻的地方，這家公司非常適合你。」這是副總的結論。

說實在的，我有點意外。原本以為副總會考我一些技術問題，確認我是否具有履歷表中所寫的那些技術。但是，他什麼都沒問，直接就跳到結論。

同時副總也讓我看了公司的組織表。果真是一家老公司，組織圖上密密麻麻的，非常多的部門和職位。但看不出來，哪個職位出缺。如果不缺人，也沒有看到新的單位，那我究竟要做什麼？副總並沒有回覆我的疑問。只說，他會安排，很多地方都需要我。

副總也當場跟我討論薪水和福利。我要求的年薪，他一口就答應。至於股票，雖然有點少，但是我並不在意，這種事情是要看個人努力。如果我進到這家公司，變得很重要，為了把我留住，公司自然就會提供更好的福利。

這次會面非常愉快，我也覺得自己很幸運，遇上一個很能欣賞自己的新主管。回去之後，我跟妻提新公司面試之事，因為太順利了，她是有點持疑。但是，也沒有什麼理由好反對。

我回去上班之後，一週內就收到新公司人事部發給我的Offer Letter。於是，我便跟總經理提了辭呈。總經理很誠懇的慰留我一陣子，知道我的意志堅定，終究還是批准了我的辭呈。

一個月後，我就離開公司。離開之前，當然請李爾好好吃了頓飯，感謝他幫我介紹工作。他為我感到高興，說他只是打了通電話而已，還是靠我自己多年努力才有這樣的結果。在一家公司十多年，能成為好朋友的其實不多。在此別後，和李爾就沒什麼機會見面，好夥伴拆夥還是有點感傷。但人生的路很難回頭，只能勇敢的往前走。

到了新公司，非常忙碌。要熟悉環境，也要熟悉人。剛開始副總給我的職稱是「特別助理」，座位就安排在他的辦公室旁邊。但是，不到一個月，我就被改派去接設計二部的協理。這時候才知道，設計二部的協理要走人，只待到月底。原來，我是救火隊。但換工作的本質原本就是如此，對方有困難，才會需要人空降。我可以理解。這時候即使面對的是火坑，也得勇敢地跳下去。

但我還不只是救火隊而已。

有一次聊天時，部門助理突然跟我說：「協理，你是副總的人馬喔。」說完，還進一步解釋。那時我才知道，原來副總本來在新竹分公司工作，一年半前被提拔到台北總公司當副總。副總是一個人赴任，舊團隊都留在新竹。所以說，台北這邊的員工跟他不熟，關係都不深，而我是他從外面引進的第一個部門主管。

我是副總的人馬代表什麼意思？我來，是為這家公司工作，並不是單單為副總一個人啊。可是在其他人的眼光中，尤其是老員工，直覺就是認為我和副總是一夥的。如果副總有任何新措施，我必然是支持者，而我無論如何也得支持。真沒想到，雖然不是我的本意，但形勢上，我的未來命運跟副總綁在一起了。

換工作之後，我雖然很忙碌，但沒有忘記小靜。

趕緊給了她新的email，繼續跟她保持聯絡。

她最近也有了新的煩惱。女兒要考高中，但準備得不是很理想。先生完全不管小孩書讀得如何，但是如果考的結果不好，責任當然就在媽媽身上。所以，小靜可以說是在先生外遇和女兒課業之間煎熬，日子很難過。但即使我知道這情形，也沒什麼方法可以幫忙。

我到新公司三個月後，小靜又寫email來要求見面。這次我利用中午休息時間，約她到景美溪畔的一家咖啡廳。她先到捷運站後，我再開車接她一起過去。

再看到小靜時，我又嚇了一大跳。沒想到上一次就很瘦的小靜，居然變得更瘦，瘦到連眼窩都陷下去。那個我所熟悉的活潑輕快的小女生不見了，取而代之的是一個受盡折磨滄桑的婦人。我真的很難相信，才幾個月而已。

「妳怎麼又變得更瘦，真糟糕。太瘦了，不好看啦。」

「我本來就有胃食道逆流的毛病，最近因為小孩的功課和先生問題的關係，更加嚴重。嚴重時，什麼東西都吃不下。即使勉強吃下去，也是吐出來。」小靜解釋著。

「妳這樣值得嗎？把自己的身體弄壞。身體是自己的。最好不要管小孩和先生，先照顧好自己的身體，比較重要。要多愛自己一點。」我回。

「沒辦法，控制不了。有時候自己一個人在家，腦袋裡還是一直轉一直想，停不下來。」

「妳變成這樣，難道妳先生沒注意到嗎？」

「他怎麼可能沒注意。你知道我先生看我的樣子，怎麼說嗎？他說，我是故意要變瘦來氣他，讓他在朋友面前難堪。因為朋友看到我，每個都問為什麼變這麼瘦，是家裡發生什麼事情嗎？我先生就是認定我是故意的，為了爭取朋友們同情。」小靜很無奈的說。

「哇，你先生很殘忍耶，怎麼會這樣說自己的太太。怎麼會有人故意變瘦討同情呢，這是什麼邏輯啊。」

「他以前不是這樣一個人。即使自私一點，只願意做自己的工作和興趣，不做家事，不管小孩，但對我絕對沒有惡言。他只要臉色一沉，我就知道他不高興，根本不需要話出口啊。自從他認識那個女醫生之後，一切都變了。」小靜長長的嘆口氣。

「實在太過份了，妳先生。」我不知還能說些什麼，替小靜感到很心疼。

「這還不是最過份的。」小靜稍微停頓一下，才繼續說。

「我們還有一個舊家，比較小一點，現在出租給人。我先生想把它收回來。」

「他說在家裡太吵了，他需要一個安靜的地方看書寫作。他想搬到舊家去，我則留在新家帶兩個小孩。他說他一個人過生活，沒有問題。」

「天呀！什麼跟什麼啊。他沒有問題，他以為婚姻是什麼？快活的他都要，辛苦的就交給老婆。他怎麼那麼自私勒。」我實在好生氣。這麼多年來，小靜樣樣把她先生擺第一，什麼都配合她先生，換來這樣的結果，實在太不值得了。

我突然想到艾雯。艾雯是自願和小孩搬出去，責任全部攬在自己身上，讓婆婆和先生在舊家快意生活。而小靜的情形不一樣，是先生想要搬出去，然後把小孩和家事完全留給她。兩者雖然不盡相同，但是犧牲的都是一家的女主人，怎麼會這樣。家庭是這樣定義的嗎？做為一個女性，必須這樣委曲求全，這樣的婚姻，有什麼意義？

「妳怎麼會嫁給這樣的人呢？」

「我也不知道。談戀愛時，他看起來很體貼很溫柔啊。我在台北唸書，他的學校則在南部，一放假就專程來台北看我。不能來時，就寫情書，非常勤快。要結婚之前，他說兩個人要合力建構一個家，一定要同心協力，不分彼此，都要分擔。」

「剛結婚時，也確實是這樣，他偶而會幫忙家事。那時我還在上班，他每天早晚都會電話問候。我怎麼會看得出來呢？」

「後來我懷了女兒之後，他就要我辭了工作，專心回家待產。他還是很貼心啊。我一個人在家，當然就盡可能把所有家事都做了。這應該也很合理吧。」

「只是後來，他就愈來愈懶。反正有我處理家中大小事。而他都說，他看了一天的病，很累，回到家，需要休息。就更不願意動了。」

「結果現在，我不僅洗衣煮飯，連換燈泡、修馬桶、開車去驗，全都交給我處理。前一陣子我們家漏水到樓下，還是我四處找水電工，聯絡樓下鄰居，檢查地板線路，修補換零件。弄了一個禮拜才完成。我先生可能完全不知道這件事。或者我有跟他說，而他根本沒在聽。」

「唉，妳當時應該堅持，要共同分擔家事的。妳心太軟，把妳先生寵壞了。現在居然還得寸進尺。原先的快活還不夠，要再更快活一點。」

「我也覺得非常不值得，非常不甘願。不管未來會如何變化，我絕對不能接受他這麼自私的把這個家丟下不管。」小靜講得非常肯定的模樣。

「妳有想到什麼好方法嗎？怎麼去改變妳先生。」

「還不知道如何挽回我先生。但我有個想法，來解決這個問題，想聽聽看你的意見。」小靜臉上顯現出堅毅的表情，彷彿已經下定決心。

「妳想到什麼方法？妳不會想要離婚吧？太可怕了，這應該是最後手段。」我有點緊張的問，如果要攤牌，好像還太早了一點。

「怎麼可能，這樣做豈不是成全他們，太便宜他們了，我才不會那麼傻。」

「我想……我想……直接去找那個女醫生談。」小靜說。

這下子換我訝異地說不出話來，眼睛睜得大大的。這種只有在家庭悲喜肥皂劇中才會出現的情節，居然要跑進小靜的生活來。

「真的假的，妳有沒有想清楚啊。妳是打算像連續劇那樣，去一哭二鬧嗎？我覺得妳不是那種人耶。妳心太軟，哭沒用，也兇不起來的。」我說，我是瞭解小靜的。小靜的哭點很低，很可能沒講幾句，眼淚就流下來，那還要怎麼繼續談判。

「我沒有要去哭鬧啊，但是我也還沒想好要怎麼說。只是如果沒有見面，沒有當面說清楚，我會很不甘心。我想當面說清楚。除此而外，我也想不到什麼其他好方法了。」小靜的口氣是有一點不確定。

「妳要跟人家怎麼說？妳要想好耶，不要到了現場，一句話都說不出來，變成去繳械投降，人家會更不當妳是一回事。」我怕的是，小靜還沒開口就先哽咽，但即使能夠順利說出口，要對方說斷就斷，人家會這麼聽話嗎？我實在很懷疑。

「妳再考慮考慮吧。我實在很難給妳什麼樣的具體建議。」我繼續說。

「但是不管這件事如何發展，將來妳不能再寵妳先生。該他負責的事，一定要他做。而且妳也必須有自己的生活圈，獨立於妳先生之外的生活，甚至連錢都要顧慮到。當然，離婚是最壞的結果，不希望。但是，萬一有一天很不幸發生，才不至於天整個塌下來，妳連往前生活的能力都沒有。」這樣講，有一點像在說教。而我也看到小靜空洞的眼神，似乎沒有仔細聽我的話。她把心思都只放在如何挽救婚姻這件事上了，讓我有點小小失望。

我們繼續討論了一陣子，也沒有其他更好的辦法。終於，小靜改變話題，她突然想到我換了新工作。

「喂，你的新工作怎麼樣？看起來你的副總對你不錯，應該可以讓你好好發揮。」小靜說。

「新工作要忙的事很多，要熟悉人，要熟悉環境，要重新學習各項產品技術。而這是一家老公司，包袱重，問題比較多。樣樣都需要時間去解決。」我回。

「不會啦，你很厲害，這些應該都難不倒你。」

「我只能咬緊牙根努力，都已經是過河的卒子，沒有回頭的路。不過，我是很能承受壓力的，不大需要為我擔心。倒是妳，瘦了那麼多，很令人心疼。多愛妳自己一點好嗎？」

小靜點點頭。我們又說了一會兒話，看看時間，我也該回辦公室，所以也就送她去搭捷運。在捷運站前看她轉身離去的樣子，覺得非常不捨。前幾年命運安排，讓我撿回來的那個深具吸引力的，那個隨時都掛著飛揚笑容的女生，已經消失。取而代之的是一個消瘦憔悴，滿臉愁容的婦人。啊！我是多麼希望那個小女生能夠再回來，但是可能嗎？我真的無法預期接下來會如何發展。

我沒辦法想小靜太久，一回到辦公室就捲進層層的煩惱之中。但新工作上的事，就是需要一點時間來解決。自己也明白。

偶而還是跟小靜通email，但我的心思都在工作上了。

我的新公司編制龐大，兩岸三地有好幾個團隊辦公室。很可能是因為早期做的產品賺大錢，所以不斷擴張。可是這麼多年過去，始終沒有開發出好的新產品。也許是管理階層策略的問題，也許是研發方向無法確定。總之，只要稍微有點瞭解的人都可以看出，相對於目前的年營業額，員工人數太多了一點。如果是有魄力的領導者，應該會更改組織，把大多數人力投注在新產品的開發上，奮力往前衝。但是，如果是謹慎一點的，或許應該縮減人數，降低固定成本，以使財報上的數字好看一些。我即使是新人，也看得出來，只有這兩個方向。結果，副總選擇後者。

也許我還很新鮮，可以帶來不同看法，副總經常會找我去聊天。有時會問問設計二部的狀況、每個人的工作情形。有時就問我，對於某些公司新措施的看法。今天他又找我去他的辦公室。

「你們部門還好嗎？你應該工作上很順手了吧。」副總問，這是開場白。身為下屬，我當然盡可能把有關部門發生的大小事說明一遍，並總結說，部門和個人的工作上，目前沒有什麼問題，讓副總放心。但是這顯然不是這次會談的主題。十分鐘之後，副總開始另一個話題。

「我們去年的財報出來，虧了一千兩百萬。在不景氣的一年，這種結果還算可以接受。但是，年營業額連二年往下掉，這就有點難看。」副總說。

「總經理說，今年如果不是營業額要衝高。不然，就是利潤上，要轉虧為盈。即使只是小賺都可以，否則很難跟董事會交代。」

我可以瞭解總經理和副總的處境不同。總經理本身就是大股東，還有本錢來面對董事會。但是副總是專業經理人，是總經理升任上來改善公司經營的。而已經二年多了，他有比較大的壓力，必需要有所表現。

「我們今年的預估營業額不好嗎？營業額無法成長？」我問副總。

「業務部門都交出數字了。每個都說，新產品的推出延後，舊產品又得降價以維持市場占有率。公司給的營業目標達不到。」副總繼續說。

「業務人員預估，多半會比較保守，所以，其實也沒那麼悲觀。我不覺得今年的營業目標真的達不到，還是有機會。」

「但是，不能等到年尾真的達不到，再來想辦法。那時可能已經無解。」

「比較保險的做法是，雙頭並進。一方面衝營業額，一方面也要降低Overhead。看能不能年終結算時，至少有點利潤。」說到這裡，副總停頓了一下，彷彿在思索些什麼。幾秒鐘之後才繼續。

「所以，我打算推行一個人員精實計畫，讓公司的人事成本可以下降10%。」

「這也可以給所有員工一些刺激。大家都在一條船上，必須每一個人都戰戰兢兢的努力，公司才能永續經營。」

「副總是說，要裁員？」我很敏感，有點訝異，但不覺得奇怪。裁員是很容易想到的一個手段，但卻是很容易說，不容易做的一件事。該考慮的層面非常多。人事成本是可以降下，但是總不能過於打擊士氣，甚至影響整個公司的正常運作。

「也可以這麼說。但是，如果有某個部門不用裁員，就可以降低人事成本10%，也可以。It is

fine with me。」副總蠻堅定的。

「但我不認為，有任何一個部門願意減薪10%來共體時艱。部門主管大概都會想，裁一裁人比較快。」

誰願意減薪呢？那樣不就是吃大鍋飯，大家一起混。我想還是要裁員比較實際。裁員對現有的組織運作，會產生很大的刺激，大家以後鐵定都會比較賣力工作，否則下次再有裁員，自己名字就會出現在名單上。

以前我在日商，是絕對不會有這樣的可能的。日商對員工的照顧，近乎終身雇用制。現在到新公司，不到一年就遇上裁員。李爾說得對喔，台商和外商的管理看法，果真不一樣。

我就是設計二部的主管，如果要裁員，這責任就會落在我頭上。我能夠裁誰呢？但是以公司長遠的經營而言，我是偏向贊成副總的做法的。這家公司現在像一艘船底破了洞的大船，正在慢慢地進水，沒有一些積極的手段，終究會沉船。

「裁員有什麼標準嗎？年資、薪水？」這是很實際的問題。

「沒有任何限制，純粹要看那個人能不能符合我們的期望。年資深的更應該被仔細檢驗，不能領高薪，不做事。我完全授權給每個主管去做決定。」

看到副總如此決斷的態度，我是有點敬佩的。非常時候要用非常手段，即使明知道這樣做，副總會成為很多人的眼中的禍害。尤其是那些被資遣的人。這是需要很大的勇氣的一件事。而如部門助理所說的，我是屬於副總的人馬，當然應該要支持。所以，我也對副總的做法給了正面的回應。

一週之後，副總召集全公司的主管開了一次特別的管理會議。會議中他公佈了他的人員精實方案。由於事先副總有跟不同的部門主管提過這件事，公司內部早就有裁員的風聲，所以主管們普遍沒有感到訝異。聽完副總的陳述，大部分人都保持沉默，究竟裁人是困難的決定。但是很意外的，有兩個資深經理發言附和副總的看法，而且還講得還蠻激動的。好像公司經營改革就在這關鍵的一刻，一定要成功。一家老公司要進行改變，通常衝擊最大的是老員工。他們兩個願意站在改革的這一方，讓我感到鼓舞，因此對公司的改變提高了期望。

會議末了，副總一再重申，他完全授權給各個主管。只考慮績效，完全不要顧慮年資，而且禁止各個部門互相討論。各部門應該各有正確的考核和判斷。這些觀點，我都非常認同。

接下來我苦惱了一整個月。透過開會、面談、與部門內部重要的員工討論，最後終於挑定裁員的人選。總共有三位，分別已經待了三年、五年和十年。有的是因為工作態度不佳，有的是因為其原本負責的工作量逐漸減少。

我面交名單給副總時，立刻獲得他的讚許。但這沒有減輕我在執行此一作業過程中感受的艱難。至於別的部門如何做，我並不清楚。究竟我本身也是個不滿一年的新人，對各個部門的瞭解還十分有限。

終於，到了裁員那天。我陪同人事經理在會議室中，把三位員工輪流叫進來。從臉上表情可以看出，每一個被叫進來的人都很意外和震驚。為了緩和這種肅殺的氣氛，由我先發言。首先我感謝對方多年來對公司的貢獻。然後說明公司因為經營不善，不得不裁員的理由。末了我說如果有需要，願意為他們的下一個工作寫推薦函，希望他們可以諒解。裁員這件事是非常殘酷的，而我是很努力為這過程投注一點溫度。但是，效果非常有限。

結果，有兩位瞬間變臉。一個還沒聽完話，就憤恨地起身離開，他沒有預料到，也不認為應該是他。另一個則大聲咆哮並且長篇大論。說他這麼多年，如何貢獻一切給公司，卻獲得這樣的對待，實在太不公平。回去之後，還發了email給我，上面寫著：「我等著看，你遲早會有報應的。」最後一個卻對我說了，感謝又感謝，歸咎原因都是自己的能力不好。這使我反而感到有點內疚。按理說，一家公司經營不善，管理階層應該承擔最大的責任。結果最先開刀的對象卻是下面的員工。

一週之後，裁員事件告一段落，人事部公佈了全部的名單。總共不到二十人。我看完名單後，差點崩潰。

各個部門不是裁新進不到一年的員工，就是最年輕的助理。那兩位發言支持的資深經理部門，一個裁了本來就聽說要離職的同事，等於順便送人家資遣費。另一個裁的人雖然很資深，卻是打算回家全職帶小孩的媽媽。怎麼會這樣？我心裡打了個寒顫。內心裡副總的形象，即使沒有完全崩壞，至少也折損一半。各個部門都有跟他提交名單，他是唯一一個在公佈之前，看過所有名單的人。他應該可以感覺，好些部門是敷衍了事，並沒有確實的去檢討每一個人的績效。副總沒有堅持住理想，在面對壓力時，居然退縮，我實在太失望了。而我居然仔細做評估，傻傻的裁了，也因此得罪三個資深的前同事。

後來有一天走過實驗室前面那條長廊時，遇到部門助理，我跟她小聊了一下。想知道有關裁員，各個部門的反應。她很低調的跟我說：「協理，副總借刀殺人啦。他不敢做的，利用你辦到了。」這番話讓我的心感到好冷，副總只是舉起手，而我成了那把刀。「不過，協理，我覺得你選擇的人是正確的啦，對部門是好的。」我很清楚瞭解，部門助理後面這句話，不過是安慰我罷了。

那一年年尾結算，人事成本只降了7％，因為還有部門繼續雇用新員工。而營業結果仍是赤字，營業額繼續往下掉。但最重要的，我開始懷疑，我是否跟錯主管了。

四、蝴蝶翩翩起舞

連續幾個月我都因為裁員和組織改造之事而忙碌，沒有額外的心力注意小靜和她先生的問題。只從偶而出現的email中得知，外遇風波似乎逐漸平息了。我沒有特別去瞭解理由是為什麼。也許是她先生的激情狀態已經宣告結束，也許是小靜使用了什麼特殊手段做了了結。不過，只要平靜就好，我是希望以前那個活潑快樂的小靜快快回來。

有一天小靜突然email問我：「你知道今年是我們小學畢業三十年嗎？」仔細算一下，確實是三十年整了，時間過得真快。

我們小學是台中市區非常有名的一所省立小學，一個年級才四個班。在那個時代是需要考試才能進入的學校，所以，學生的平均素質比一般小學高。因為人少，四年級升五年級時，又男女分班。前兩班是男生班，後兩班是女生班。因此每個男生都至少認得一半以上的男生，女生也認得一半以上的女生。

「我們來辦個三十重聚同學會好不好？」

小靜基本上就是那樣活潑，喜歡跟朋友來往的人，很適合去辦同學會。我知道她跟好幾名小學同學一直有保持聯絡，我也有幾個至今仍有來往的同學。以這個做基礎，努力一點透過網路找人，應該有很大的機會辦得成。於是，我回答她說，她主辦，我協辦，她找女生，我找男生，我們可以試試看。

為了辦同學會，我們約了要見面，這次地點選在木柵動物園前的麥當勞餐廳。她可以搭文湖線捷運到底站，我則利用中午休息時間開車過去。可以邊吃午餐邊討論。所以，我們週五中午就約在那裏碰面。

當她準時出現在餐廳時，我又嚇了一大跳。但前幾次是驚嚇，這次卻是驚喜。她胖回來了，燙了一頭及肩的大捲髮，而且臉色紅潤，很有精神，完全不是幾個月前的枯槁。現在又變回以前那樣會令人想親近的模樣。

「哇嗚，妳胖回來，而且變漂亮了。」前面那句是描述事實，但後面這句大概對所有女生都受用。不過，這次我是講真的。

「有嗎？我只是換個髮型而已啊。」小靜笑著回，顯得很高興。

很難相信這一年多的期間，她變化來變化去，差距可以這麼大。我們點餐時，我排在小靜的身後，甚至可以聞到她身上淡淡的香味，連氣息都顯得不一樣。一定是有了什麼重大的改變，我想瞭解。我們點好餐之後，走到二樓，趕快找一個偏僻的角落坐下來談。

「妳先生的事情解決了？」我急著問。這應該是關鍵。

「應該是吧，至少現在他已經不再偷偷躲在書房裡用Skype，恢復以前的生活習慣，在餐廳唸書。也不再跟我提他要搬到舊家去住這件事。」

「我想，他應該也沒有再跟那個女醫師見面了。」

「哇，妳這麼厲害，居然擺平這件事。」我非常訝異。

「也沒有啦，我不知道他們私底下還有沒有再聯絡。但至少表面上，已經風平浪靜，算是告一段落了。」

看樣子，真的解決了，我實在很難相信。記得上次見面時，小靜提到要去跟那位女醫師當面談一談。雖然我比較偏向反對，因為我不認為她有能力去談判，去翻桌吵架。難道與女醫師的會面真的有效。

「妳後來有去找那個女醫師談嗎？」我繼續問。

「當然有啊，直接就到她服務的內湖診所找她。」

「看診時間她一定在那裏啊，沒地方躲的。我就在那裡等她看完最後一個病人。」

「然後約她到旁邊的咖啡店喝杯咖啡。我其實內心裡非常緊張，但是過程還算蠻順利的。」

「妳們怎麼談？談些什麼？」我實在很好奇。

「我跟她說，最近常聽到先生提她的名字，知道先生每天都跟她通Skype。剛好今天路過內湖她的診所附近，所以約她出來聊一聊，想認識一下先生的朋友。通常先生的朋友，我每一個都認識。」

「哇，起手式很漂亮喔，光明磊落又大方。很令人佩服。接下去怎麼說？」

「呵呵，還好啦，其實也沒說些什麼。聊一聊小孩、小孩唸書的狀況、醫院和某些共同認識的朋友，大部分時間都是我在講話。只偶而我問她時，她會回個一兩句。某個人妳認不認識？某個活動妳有沒有參加？最後，我還特別感謝她花這麼多時間陪先生練英文。」

「這過程中她的表情一直很僵硬，即使想裝笑，都有點不自然。我是事先想好要講些什麼，練習過好多次，不然也可能緊張的什麼都說不出來囉。」小靜的語氣十分平靜，但是表情中隱含一絲自信和得意。

真是太厲害了，實在超乎我的想像。這是我所認識的小靜嗎？原先我是以為她要去鬧，要那女醫生切斷跟先生的一切聯絡，要搶先生回來。沒想到，她能夠以這個家女主人的身分，不動聲色地宣告主權，而且還一句氣話都沒有。

「哇，妳太厲害了。那女醫師一定沒想到妳先生娶了一個這麼會說話的老婆，一定嚇到說不出話了。」

「哪有那麼厲害。我也沒那麼會講話啦，只是照實說而已。」

「然後哩？妳先生知道嗎？有什麼反應？」我問。

「然後就結束啦，我先生沒有任何反應。我也不知道他知不知道我有去找那個女醫師。只是突然從那天開始，就沒有再用Skype，也沒有偷偷躲在廁所裡講電話。很好笑的，好像什麼事情都沒發生過一樣，完全回到過去的生活。」

「我先生就是那樣的人，他不想承認的事，就裝做沒發生。也可以說，他是鴕鳥心態，逃避現實。」

「至於那個女醫師，應該也是立刻切斷一切關係。如果我是那女醫師，我也會這樣做。她的條件那麼好，有錢有地位，完全不需要去破壞別人家庭啊，即使只是想玩玩，也可以去玩更年輕的小鮮肉，幹嘛找頭老牛。老實說，我還覺得是我救了她耶。如果她真的搶了我先生，事後發現我先生是這樣一個人，完全不做家事，不會體恤別人，那她豈不是要去撞牆。」

我實在太佩服了，沒想到小靜這麼厲害。不是去吵去鬧，只是去聊個天，四兩撥千斤，就這樣化解了一場家庭危機。真的是惡言生氣解決不了的問題，但是智慧可以。

「天呀！妳實在太強了。妳是我的偶像啊，真的讓我佩服的五體投地。我覺得妳可以出書囉，如何迅速有效的解決婚姻危機。」我開玩笑說。

「哦，你太誇張了。每個人的情況不一樣啦，只是我所遇到的比較容易解決。如果對方不是個女醫師，我可能就沒辦法了。」小靜開心的笑著回我。

「雖然生活恢復正常，我也不知道我先生的心有沒有回來，但是。」小靜停頓了一下才說。

「這不是重點，重點是我領悟到一些東西。我應該對自己好一點，不要太依賴我先生。我的人生還是我的人生，不是我先生附帶的人生。」

雖然只是短短幾句，但能講出這一番話，絕對是一場痛苦經驗之後的深刻體會。小靜的改變不只是外貌而已，顯然連內心都因為這個事件而起了奇妙的變化。就我的觀點來看，當然是一件好事。不管男女，什麼角色，沒有人是為了別人而存在的。委曲求全或者婚姻的附屬品不會是一種正確的生命態度。

我很高興，小靜解決了她的婚姻問題，並且能從這個事件中有所獲得。而我更高興的是，那個從高中以來我所熟識的小靜又回來了。這才是我真正所要的。

「所以，妳的問題解決了。以後再也沒有什麼偷聽啦、跟監啦、捉姦在床之類的八卦可以聽囉。」

「你有毛病啦，你愛演，自己去演啦。」小靜的眼笑成一條線。

「那麼接下來跟妳email就恐怕有點單調了，少了這些精彩的故事。」我裝出一副彷彿很惋惜的表情，只是為了逗一下小靜。當然她也知道，我尋她開心。

「好吧，那麼我們轉個方向好了。為了慶祝妳解決先生外遇的問題，我們就來辦場小學同學會吧。」我還是笑她。

「什麼跟什麼，才不是哩，只是剛好碰上畢業三十年，如此而已。跟我的問題哪有什麼關係。」她跟著笑，而笑顏如花般燦爛。

我們的討論回到同學會上，這原本就是今天會面的原因。說實在的，我也不想再多瞭解小靜婚姻的狀況，我要的只是那個仍舊青春活潑的小女生。回來就好，我想。

為了舉辦同學會，我們決定先從聯絡身旁的小學同學著手，再慢慢擴散出去。另一方面也努力透過網路去找同學。先記錄下每一個同學的聯絡電話或email，建好通訊錄，齊備之後再來辦正式聚會。我負責畢業紀念冊上前兩班男生，她負責後兩班女生。

我們也同時約好一週或兩週見面一次。討論搜尋的狀況，同時分享過程中的趣事。每次都是利用我上班中午休息時間，她過來找我吃飯。我們常約在動物園的麥當勞或景美溪畔的咖啡廳。

約好之後，她和我都非常努力地去尋找同學，而過程非常順利，找到的人數不斷攀升。三十年沒見過面的同學們突然被找出來，個個的反應都不大一樣。有的很激動，立刻回了長篇的email，解釋他這些年來的變化，升學、重考、出國、工作之類的。有的則充滿感性，回憶起小時候向上國中附近的改良場的一些奇特故事。有些彼此住得近的，立刻通上電話，約好一起去吃中華路的臭豆腐，或第二市場的丁山肉圓。而當我們說六月時要在台中辦一場同學會時，每個人都很興奮，非常期待。

每次小靜和我見面時，我們可以談的，也不只是同學會而已。究竟我們從小學到高中，一路都是附近鄰居，小時候的生活圈是完全重疊的。譬如有次我提到流過舊家旁邊的一條排水溝，在颱風過後，我高興的跳到水溝裡抓冒出來的鱔魚和泥鰍。同一條水溝也流經小靜家的後院。而她說的卻是，當時他們家正焦急地阻止池塘裡的金魚溢流到水溝裡去。明明同一條水溝，卻是兩樣心情。那種小時候的故事說出來，我懂她懂，別人不懂，就是那樣的奇特與親密。

這時候小靜的先生，或是前陣子的外遇事件，已經完全不是問題。沒有再出現在我們的話題中。也許她先生已經恢復到過去那樣規律而死板的生活。但是我覺得，更可能的是，外遇這樣一個令人討厭的東西，在小靜心裡已經不再被定義為問題。她已經有了自已新的想法與立場了。

＊＊＊

四月最後一個禮拜，艾雯突然又發簡訊來，問我週五下午有沒有空？那天她要來台北參加一場教學研討會。我回她說可以，我們可以約見面。剛好那段時間是新店和美山賞螢的季節。雖然已經接近尾聲，但是多少還看得到，而且人潮也少一些。我問她有沒有興趣去走走，她當然什麼都好，只要跟我一起。

那天下午五點多，我在大安區的一所高中門前等到艾雯，接著就開車往南去新店碧潭。在捷運站地下停車場停好車，就跟她走到河濱散步。雖然氣溫稍高，但天氣很好。綠色的潭水映照著藍色的天，河面吹著徐徐涼風，開闊的風景給人一種清新舒暢的感受。我們兩個並肩走在河邊的步道上，愉快的聊天。

「妳真的有和兩個兒子搬出去住嗎？」我和艾雯很少聯絡，感覺上她比我還忙，不斷在妻子、老師、媽媽和媳婦四個角色間轉來轉去。但我還記得上一次我們面對面談話時，她有提到這樣一個想法。當時我是覺得不可思議。

「當然有啊，而且已經搬出去兩年多。」艾雯回我。

「哇真的，效果怎樣？」我有點訝異。

艾雯先是浮起笑容，然後才說：「效果很好啊，因為我盯著的關係，我兩個兒子生活比較正常，成績也都變好。大兒子還參加學校作文比賽，得到第二名。我是國文老師哩，他沒有給我漏氣。」艾雯說時顯得很高興。

「哇，那很好耶。但是妳先生和婆婆沒有意見啊？」

「我先生和婆婆不會有什麼意見的。一個專心玩他的電腦，一個看她的電視，或到隔壁鄰居串門子，根本沒什麼影響。我們也不會因為教育小孩的觀念不同而吵架。只是我感到比較累，每天都很緊湊，神經隨時都繃得緊緊的。」

「但也沒有辦法。為了小孩，也許就忍耐這幾年。」

「我只有來到台北，才能感到放鬆，尤其和你見面。」艾雯以柔情的眼神轉頭看了我一下。

「我其實是不大贊成妳這樣做的。把一個家庭分成兩半，而且責任都在妳這一半。難怪妳那麼忙，完全沒有自己的生活。」我說。這是很奇怪的分工法，有責任的放在一半，沒有責任的都在另外一半。這樣的家庭與婚姻是有點奇怪。

「不會啦，這只是暫時的，你不用擔心。等小孩上大學，就不會再這樣做。」

「天呀！至少還要四五年耶，不知道會把妳累成什麼樣子。妳看妳的臉，都陷下去，沒有肉了。」我順手輕捏了一下艾雯的左臉。她的眼睛瞇了起來，但仍舊帶著笑。

「我會注意自己身體啦，不要擔心。」

「喔，對了，你不是說，要我對我婆婆兇一點嗎？」艾雯的眼睛突然閃出光芒。

「什麼，妳真的給了她兩巴掌？」我當然是開玩笑。但是，艾雯笑出聲了，像銀鈴一樣的笑聲。她是個溫柔的人，講話像細語。

「你太好笑了，我怎麼可能打她，別人會怎麼說我。」艾雯忍住笑，繼續說。

「有一天晚上，我煮好飯開始吃之後，她又在批評。說碗沒洗乾淨，說某道菜太鹹。我當時很生氣，也就用台語回她，好像是『某妳賣甲』（台語：不然，妳不要吃）。她沒有想到，我居然頂嘴。氣得整個臉通紅，晚餐也不吃了，直接回房間去，在房間生了一晚的悶氣。既沒看電視，也沒出去，整個晚上都沒出來。」艾雯繼續說。

「但是，第二天晚上她還是乖乖回餐桌吃晚餐喔，只是從頭到尾都不說話。」

「現在晚上吃飯，她就常常不講話了，頂多是跟孫子聊一下。這樣實在好好，耳根清靜許多，我也不會再感到壓力。我應該早一點聽你的話，對她兇一兇的。」

「對嘛，早就應該這樣做。妳是真正的女主人，賺錢養家，支撐這整個家。大家都應該尊重妳。沒有道理，妳的地位要排到最後去啊。」我繼續說。

「我是很討厭倚老賣老的。我的看法是，誰對一個家庭最重要，最不可或缺，那個人的發言權就最高。這樣才對。妳們家，妳賺錢、煮飯洗衣、教育小孩，幾乎承擔了所有責任。妳是不可缺少。誰都嘛應該要聽妳的，至少要尊重妳。」

聽到我這樣講，艾雯再轉過身來，含情脈脈地看著我，說：「早知道，我就嫁給你，就不會有任何問題囉。」這一次換我笑，換我傻笑。

人生路途上，誰都不免遇到生活上的艱難。小靜是用她的智慧化解了自己的婚姻危機。艾雯則聽了我的建議，讓她的婆婆認清事實。但是，解決問題不代表以後就沒有問題，還是要看她們從這困苦的經驗中，學得了什麼，做了什麼改變。

我們繼續邊散步邊聊天，走到步道的盡頭，走上河濱餐廳，簡單吃個晚餐。用過餐後，大約七點出頭，才走過吊橋，往對岸的和美山走去。到山路上，只剩下些微的亮光，誰也認不出誰，我們很自然地就挽著手臂走在一起。就像一對戀人一樣。

剛開始山路上還有不少人，但被旁邊偶而冒出的螢火蟲吸引住，便停下腳步觀看。我們沒有停，持續往上走，人也就愈來愈少。以前我曾帶女兒來過一次，知道裏頭有不少地方可以賞螢。

所以，直接往更裏頭，人更少的山上走去。

走到柏油路的盡頭，僅剩我們和後面不遠處一對手牽手的情侶。這個角落已經一片漆黑，看不清楚，但我知道前面有一條階梯小路，還可以繼續往上走。艾雯第一次來，覺得太暗了，有一點可怕，不想再上去。所以，我們決定往回走。回頭路上，和那對情侶錯身而過。

當我們經過那對情侶旁邊時，我注意到他們突然放開手，拉出一點距離，直到走到階梯小徑，才又牽起手往上走去。我等他們消失在黑暗中之後，回頭跟艾雯說。

「他們兩個都是男的，很年輕，應該是同性戀。」

「什麼？你怎麼知道。」艾雯很訝異的問我。

「因為他們兩個穿著長褲T恤，身形就是男生啊，也都留著短髮。」

「剛剛錯身時，我們兩個挽得緊緊的，他們卻突然放開手。如果是一男一女，在這麼暗的地方，陌生人靠近，女生怎麼會放手。」

「只有不敢曝光的戀情才會跑來這裡約會。」我接著說，「他們是，我們也是。」這是我很理性的推論。但是這句話顯然在艾雯心底觸動了些什麼，她停下腳步來，轉身整個臉面向我望著。在稀微的夜色底下，艾雯小巧的臉顯得格外地皎白美麗，而一雙眼睛亮著神祕的光芒，像是有魔力似的吸引著我。我情不自禁地把嘴唇慢慢靠上前去，深深吻上她的嘴。她的手於是抱緊我的腰，我則環抱她在胸懷裡，長長的吻。

那麼寧靜的一個夜晚，四周有點點飛螢，而只有我們兩個人孤立在天地之間，共享這充滿魅力和熱情的美好一刻。我們恢復成戀人的角色。

一陣子之後，我的熱情沒有停歇，反而更進一步。我伸出右手，從她的胸口慢慢滑入，穿進胸衣之內，輕輕地搓揉她小巧柔軟的胸部。而左手撐開她後面的裙頭伸進去，在她光滑的屁股上游移撫摸。艾雯毫無抗拒，可以說她也在享受這種兩情相悅的溫柔。幾分鐘之後，我再進一步，左手順著裙沿移到前面來，深入兩腿之間，輕輕地撫弄她私處的陰毛，並且溫柔碰觸她的敏感之地。艾雯的呼吸頓時轉成喘息，並輕微的顫抖著。

等到我們的嘴唇終於分開，艾雯看著我，這麼說了：「我的下面好濕喔。」「好久沒有這麼濕過。」

然後，平常有點害羞的她，趁著四下無人，把我拉近，嘴巴就靠在我的耳朵邊輕聲說：「我真想讓你進到我身體裡頭。」

雖然只是簡單一句話，卻讓我飄飄然，又感到暖心。今晚我們就是一對戀人。我們繼續沉浸在溢滿的愛慾中一陣子後，我才把手慢慢地抽出來，恢復成環抱的姿態，讓艾雯安穩地貼在我的胸懷裡。我想要跟艾雯做愛嗎？如果有機會，場地和心情都合宜，那絕對會是很美好的一次經歷。但是我又不願意讓艾雯對這件事有太高的期望，做愛只能證實我和她之間有超乎友誼的情人關係，卻很難去改變她的未來命運。然而，不論那個機會存不存在，艾雯永遠會是我內心裡最柔軟的那一塊。我把艾雯抱得更緊。

她是我這一生看過最溫柔的女子，連講話都是輕聲細語。但是命運讓她過得很辛苦。如果有什麼方法可以讓她感覺幸福一點點，任何方法，我都願意試試。但我所能做的很有限，我們有各自的人生要忙碌，我們的生活走線少有交集。我頂多只能藉由這種短暫的接觸，為她蓄積一點精神食糧。但我想她需要。

在回程的車上，我想著想著，跟她說：「妳應該把我當成一塊可口的黑森林蛋糕就好。偶而來到台北，吃一塊，幸福快樂一下午。」

艾雯回我：「不用啊，我們雖然不常見面，但我光想著你，就讓我覺得很快樂。」

她轉身走進車站時，我又長長的嘆了一口氣，突然感到有點心酸。

＊＊＊

到了六月底，我和小靜已經找到一百多名同學，其中有六十個人左右要參加這場同學會。算是很成功的一次尋人活動。我們也開始聯絡場地，製作名牌，發出行前的通知。

同學會預定在週六早上十一點開始，地點在全國大飯店的西式自助餐餐廳。我和小靜必須提前一天回台中，才能在一早去會場安排。所以說好了，我開車載她一起回台中。

出發那天下午，小靜在健身俱樂部有堂階梯有氧的課。我是等她上完課，洗完澡，才接她回台中的。小靜在健身方面倒是很有毅力，持續的上課，把自己的身材維持得很好，完全沒有贅肉。而她在俱樂部所認識的朋友，也構成她生活圈很重要的一部分。經常會聽到她跟運動的朋友一起去吃飯、逛街或渡假之類的。當然，如果是渡假，只有她先生同意一起去，她才會參加。

她上車時，特地跟我說，待會兒她先生會打電話來，叫我不要出聲。

果真，車子才開到五股交流道附近，她的電話就響了。小靜接了電話，很低聲地講著。都是簡短的回應，只有最後一句，我聽得比較清楚，「我旁邊有人在睡覺，講太長會吵到人家，回到台中再打。」然後掛斷電話。

「妳先生有沒有懷疑，妳被他不認識的男生載走了？」我問。

「你少來，他怎麼會懷疑。我跟他說，因為不急著回台中，所以決定不搭高鐵，搭巴士，也可以省點錢。」小靜笑著回我。

「他應該分不出來，汽車的引擎和搭巴士的噪音，反正都是高速公路上跑。」小靜說。

「他不覺得奇怪嗎？他那尊貴的老婆居然不搭高鐵，要搭巴士，多委屈啊。」我說。

「什麼尊貴，我是跪在地上擦地板的跪啦，非常辛苦的家庭主婦。」也許是因為小靜還保有小朋友般的純真，所以我就喜歡逗她。她也常會回擊。

「那你呢？你有跟老婆報備，你載了一個她不認識的女生回台中。」

「我幹嘛講？沒事找事。如果，萬一被她發現，我偷偷載了一個女生。我一定跟她說，我這同學很兇，會罵人。是被她逼，才不得不載她回台中。」

「什麼？你亂講話，汙衊我。」但是小靜笑得很開心。

笑了一段落後，我們開始找其他的事做。在車上，除了聊天之外，就只能聽音樂。所以，我開始為小靜介紹一些常聽的音樂。平常開車時，我有聽音樂的習慣。因此，車上備有好些不同類型的音樂CD，這時候剛好可以拿出來欣賞。

我首先挑的是Stan Getz和Joao Gilberto在一九六四年錄製的那張聯名專輯。先讓小靜聽那首Bossa Nova的經典歌曲The Girl from Ipanema（來自伊帕內瑪的女孩）。這首歌最受大家所讚美的是中段Astrud Gilberto那種有如天籟般空靈輕盈的歌聲。不過，我真正所愛卻是後段Stan Getz所吹奏的，簡直可以謀殺耳蝸的次中音薩克斯風。我從此把他的名字記在薩克斯風上了。

然後，我放了Norah Jones在二〇〇二年錄製的那張專輯Come Away with Me（遠走高飛），尤其推薦Don't Know Why, I've Got to See You Again和Come Away with Me三首。靈魂與爵士曲風，雖然是Jones的初次發表，但是老練沉穩，唱出愛情中的各種滋味。

我每首歌都先解釋歌曲的背景，描述自己在聽這首歌的感覺，再放出來讓小靜欣賞。而且至少放個兩遍，確定她沒有遺漏任何細節。她顯然被我引導的跟著迷上這些音樂。據她後來說，回家之後，把兩個專輯的歌曲收到手機裡，經常有空時就翻出來反覆聆聽。我後來發覺小靜是個很棒的傾聽者，我說了什麼，她腳步一定跟上。

小靜不像我那麼常聽音樂，但是她喜歡花。她經常在花季來臨時，到各處去看花。櫻花、楓紅、水柳、阿勃勒、紫藤花、穗花棋盤腳。在大安森林公園、台大、三芝、苗栗，到國外京都、鎌倉、東京、足利公園。哪裡有盛開的花就有她。車行在高速公路上，她會跟我說，近處的是苦楝樹，遠方是桐花。當開車到服務站休息時，她還特別跟我解釋了旁邊的行道樹，台灣欒樹，俗稱的四色樹。我是當時才知道，原來這種樹會在秋季時有奇妙的四種顏色轉換。

音樂和花就伴著我們一路回台中。兩人一起的第一次長途車行非常愉快，只覺得兩個多小時的時間有一點短促。

到台中，我先載她回娘家，說好了明天碰面的時間，再回自己的老家。

第二天，同學會當天，我先開車去接了小靜，才去全國飯店。到了門口，我先讓小靜下車，再到後面的停車場停車。所以，當我進到會場時，晚了她十分鐘。她已經和二三個先到的同學在那裏聊天。

我笑著對她說：「哇，貴婦妳比我還早到。」她知道我故意要開她玩笑。

「什麼貴婦，有看過貴婦要煮飯洗衣、帶小孩，還要兼開車去驗的嗎？我還是沒有薪水的佣人哩。你才貴，你是真的科技新貴。」她也反擊回來。

兩個主辦人講話顯得很熱絡，同學們應該是不會覺得奇怪。但是，我和小靜有默契，也不大希望別人知道，我們的好感情超過單純的主辦人。所以，我和她只在開場時小聊一下，其他時間，我們分別找各自親近的同學。

這次的三十年同學會，大部分同學真的是三十年未見。現在的模樣和當年小學畢業時的樣子差距是很大的。但是仔細去看，人臉上或多或少有些特徵，還是可以辨別得出來。圓臉的還是圓臉，尖鼻子的還是尖，有酒窩的仍然在原來的位置上。只要多看幾眼，多半認得出來。而一旦認出某某人來，話便要說個不停。累積了三十年不同的故事，不是一時三刻講得完。

我的個性雖然是屬於外向型的，但是聊天時，還是喜歡找過去比較熟的同學。但小靜不一樣，她一直跟同學打招呼，在不同的群體間走過來轉過去。

小靜今天穿了一套水藍飾著碎花的套裝，脖子上掛著一條金銀合握的心型項鍊，仍然頂著一頭及肩的大蓬髮。白皙的臉笑起來，兩頰顯得粉潤。整個人露著亮麗的光彩，感覺非常迷人。說她是今天會場的女主人，大概沒有人會有意見。但除了我之外，沒有人知道，就在一年前，小靜還在經歷她生命中的最低潮，被她最親近的人折磨得不成形體。我甚至懷疑她會失去活著的勇氣。但如今，她彷佛重生般蛻變出來，變成一隻美麗的花蝴蝶，非常有自信的在她親手佈建的花園中翩翩飛舞。看得出來她很高興，但事實上一路陪伴，真正明瞭背裡殘酷和轉折的我比她還開心。小靜經歷了人生的試煉，沒有滅頂，還找回自信。

用過餐，聊不夠，所有同學還一起回當年就讀的小學去看看。經過三十年，很多建築和設施都與以前完全不同。許多地方，只能憑想像去懷想當時的模樣。但即使如此，還是令人深深領受懷舊的滋味。

黃昏時來到最後一個活動，要在校門口照大合照。大家在門口排成幾行，準備要照相。而那隻飛舞了一整天的花蝴蝶，並沒有失去她的方向。穿過所有集結的人群，重新站回到我身邊。我們肩並肩靠在一起完成合照，為我和她努力舉辦的同學會，畫下完美的句點。

同學會後第二天，我又開車載著小靜回台北。這是我們第二趟的長時間獨處。

「妳今天不擔心妳先生打電話來查啦？」我問。

「我事先有跟先生說了。因為同學會，好些個老同學見面，聊熟了。所以，幾個人一起搭便車回台北。不是跟一個人，是好幾個人一起，他沒有問題的。」

「哇，妳真是冰雪聰明，反應這麼快。」

「這哪有什麼特別。兩三個小時的同學會怎麼夠聊，一定是一起搭車，繼續聊啊。誰都嘛會這麼想。我先生絕對不會覺得奇怪的。」

小靜說得對，至少這理由很正當，沒什麼好質疑的。我們可以安心聊天。

於是，我們聊起昨天重新見面的同學。有誰長高，有誰變胖，有誰頭髮少了。體型走樣的人不少，但還是有人身材樣貌保持得很好。後者往往受到很多人的讚美，譬如說：妳都沒變耶！你跟小時候看起來一樣喔！

「所以，還是要好好健身，對不對？」我說。

「年輕時健身是為了自己，年紀大了，健身是為了參加同學會。」我們兩個一起笑了。

再聊一陣子之後，我打開音響，把我最喜歡的音樂劇Les Miserables（悲慘世界）十周年紀念演唱會DVD播放出來，跟小靜一起聽。我跟小靜說，我喜歡裏頭的每一首歌，甚至在聽到Eponine臨死前在Marius懷裡唱A Little Fall of Rain。還有革命失敗，戰友皆亡，Marius重回當年與朋友暢談革命的酒館獨自唱著Empty Chairs at Empty Tables時，會難過得掉下淚來。

「什麼？你會掉眼淚？」小靜很訝異。

「有很奇怪嗎？我又不是個無血無淚之人，憲法也沒規定男生不能掉眼淚啊。」我這麼解釋時，小靜只是看著我笑，但我感覺那不是輕蔑，反而有種更加親近的感覺。幾秒鐘後她才說話。

「看樣子你真的很喜歡裏頭的音樂。你有看過悲慘世界的音樂劇嗎？」

「沒有，還沒有機會。」

「你應該去倫敦看看的。你一定會很喜歡。我已經看過兩次現場表演。」小靜說。

「我還沒去過倫敦，也沒什麼機會去。妳是跟家人去玩嗎？」

「不是。我先生年輕時，每年都安排去倫敦的一個醫學訓練機構上課。一待好幾週，我都跟著去。所以，幾乎把所有有名的音樂劇都看過。現場看的很不一樣喔。舞台會變動，歌聲十分傳真，氣氛很有感染力。」

「我想也是，才會有那麼多人專程去倫敦看音樂劇。以後有機會一定要去。妳還會再去嗎？」

「不了。這幾年我們很少去倫敦了。太花錢哪。飛機又飛好久，好累。最近幾年我們家都改到日本去賞花。才兩三個小時飛行，而我又喜歡花。」

「我也蠻喜歡日本的。距離近，當地鐵路交通十分方便。日本食物又十分適合我們，完全沒有違和感。」我說。

「說到重點了。跟日本相比，英國除了炸魚薯條，好像沒什麼美食，而且又很貴。不像日本，有拉麵、壽司、豬排飯、蕎麥麵、懷石料理，便宜又好吃。但是，如果要看音樂劇，還是只能去倫敦。」

小靜家常出國。每年安排個三四趟國外旅行是常有的事，而她先生也完全交給她來規劃。所以她對各地景點，如何去，有什麼值得看的，懂得非常多。

「如果我要出國玩，直接找妳就對了。妳是旅遊專家，我甚麼都不用準備囉。」我笑著說。

「那就難了。我被我先生看得死死的，連跟其他男生多講一些話，他都會給我臉色看，怎麼跟你出國去。即使是我們小學同學一起出國都很難。」小靜說。

「這樣很不自由耶。妳的行動都要經過先生的允許，感覺怪怪的。」我繼續說。

「也許妳應該訓練妳先生，讓他接受，不是說夫妻就一定要綁在一起，還是要有各自的朋友。他可以跟他的朋友出遊，妳可以跟妳的同學。妳可能不喜歡妳先生他們一直在講醫學方面的事，而妳先生也未必喜歡跟著妳到處研究花啊。」

「你說的對。我就蠻討厭去參加我先生他們醫學學會聚餐，人都不認識，而且都談醫院的事，我也不瞭解。也許我應該試試看改變我先生。但要改變我先生並不容易，需要很長的時間。」

「沒關係，妳可以慢慢去改變你先生，一步一步來。也許先從國內旅遊開始。讓他先習慣妳偶而跟同學去宜蘭或苗栗玩。然後再遠一點，到墾丁或澎湖。久了，習慣了，也許哪天就可以飛到國外去。」

「好哇，我可以試試看。常看我的一些朋友，能夠很自由安排自己的旅遊，不需要一直看先生臉色，實在很令人羨慕。」

「所以，短期內妳不可能跟我一起去倫敦看音樂劇了？」我問。

「不可能，太難了。」

「不然這樣好了，我們先從國內開始。我看三峽快到了，時間還早，要不要下去三峽老街逛逛。」我提議。

「好啊！」在我面前，小靜就是個常說「好啊」的小女生。

「那要不要通知妳先生，讓他先習慣。」

「你神經病啦！」

於是，我開車下交流道，往三峽那邊過去。

到了市區，停好車後，我和小靜走向老街和祖師廟那一帶。因為沒想要買什麼東西，在老街我們只隨意走走逛逛。倒是走到一半時，看到有人在賣洛神花冰茶，那亮晃晃的粉紅引起我的注意。高中時期，學校大門口有一個小販專賣洛神花茶，放學後打完球，全身快虛脫時，常去買一杯來喝。腦海中一直留有那樣冰涼的記憶。

我跟店老闆買了一杯大杯的。店老闆看看旁邊的小靜，問她：「太太要不要也來一杯？」我帶著笑意回頭看著自己的「太太」，等著她回答。小靜好像一點都不介意，也以大方的微笑回我，然後打量起我手中的杯子。

「哦，這太大杯了，我也不是很渴。」

「老婆」我向小靜眨眨眼，故意的問：「那麼妳要不要跟我一起喝一杯呢？」假的吳太太非常配合，高興的點點頭說：「好吧！」店老闆還是含著笑，雖然稍微有點失望。

往前走之後，我和小靜就這樣輪流喝著飲料，享受懷念的滋味。我們假冒著夫妻，肩並肩繼續我們的小小旅遊。

在祖師廟，我們停留了較長的時間，仔細看廊柱雕刻和廟宇造型。這是我的另一項興趣。我喜歡讀歷史，所以對古蹟之類的建築和事物，有很濃厚的興趣。而小靜就在一邊靜靜陪伴。

看過祖師廟後，走上三峽河上的長福橋，在橋上稍作休息。橋上有沿河而來的微風輕拂，讓人感到涼爽。而這時候的我們，不像前天南下時，有舉辦同學會的壓力。我們剛辦完一場非常成功的聚會，然後在一個誰也不認識的小鎮閒逛了一下午，被誤以為是夫妻，心情卻是無比的舒暢。這般舒暢甚至使我們偶而眼神交會時，產生好似戀人般的感覺。

「你和你老婆的感情怎樣？你好像很少說耶。」小靜突然問我。

這一年多來，因為經常一起吃飯聊天，我和小靜變得非常熟悉。熟悉對方的家庭成員、家庭現況、興趣和工作。當年我們可以站在她家樓下聊一個小時，現在我們可以在任何地方聊一整天。已經是那樣的契合。不，甚至連契合這兩個字都不足以形容我和她的關係了。

現在她問我，想知道我和妻的關係如何。這是一種暗示？還是就是坦白。準備要把「好似戀人」那前兩個字乾脆拿掉。

我考慮了一下，想找比較合適的句子來描述，但我不會說謊。

「就是老夫老妻啊。既不好，也不壞。」

「結婚到現在將近二十年，能講的話也都講完了。她一開口，我就知道她要抱怨些什麼。我想講點意見，她也懶得聽，還不是都一樣。」

「每天下班回到家，吃過飯後。她如果不是繼續做公事，就是在追劇。我則看我的新聞，或是歷史書。已經平淡到沒什麼額外的互動。我們唯一的交集是女兒。只有提到女兒，才有話講。」

「結婚時的熱情，再怎麼熱烈，不夠燒一輩子，我想。尤其時間久了，發覺彼此喜好和個性還是有些不一樣，又不願改變，自然慢慢地就各自生活。」

「大概就這樣一輩子吧。有點遺憾，但也還不錯。」

「你好像講得有點無奈哩。」小靜說。

「也不能說是無奈，或者該說是『既成事實』吧。呵呵。」

連自己都覺得有點好笑。婚姻是一場既成事實，只是在參與的雙方都無意改變的情況下繼續存在的意思。

「人會老，婚姻也會老啊。老年的婚姻大概只是『慣性存在』吧。意思也就是說，習慣了對方在這個家裡固定的位置，也沒有必要去改變。」

我覺得我的婚姻是這樣，而小靜的也是。我們兩個的婚姻都老了，只是她婚姻的問題比我多一些。

「不過有個女兒真好。讓我覺得婚姻的一切又很值得。」我繼續說。

也許每一個家庭不一樣。但我們家確實是因為女兒而變得緊密的。妻的身分轉換成女兒的媽媽，必須也要好好照顧女兒的媽，才能給女兒一個最溫暖的家。我大概就是這樣的想法和做法吧。

「常聽你講你女兒，看得出來你很愛你女兒。」

「她是我從小養出來的啊，個性脾氣都像我。我們兩個鬥嘴是非常有趣的。每天晚上我最喜歡的，就是睡覺之前跟女兒講講話。」

「前幾天晚上，她媽電視購物，買了幾樣我覺得家裡用不著的東西。雖然沒多少錢，我唸了她媽幾句。妳知道我女兒在旁邊怎麼說的嗎？」

「她怎麼說？」

「她說：『老爸，你怎麼可以唸老媽。老媽賺很多錢耶，可能還比你多哩。』」

「我臉上馬上三條線。我女兒完全不給她老爸面子。她是不是很寶貝？但我就是喜歡她這樣直接有趣，毫無距離感。」

婚姻可能是一生中的某個關鍵時刻，感覺對了，所產生的結果。但是生兒育女則不然。想從生兒育女中獲得快樂，那絕對是需要好多年耐心的培養，絕對不是一時興起的。

「我們家還有一點很特殊。跟別家都不一樣的喔。」我繼續說。

「什麼地方不一樣？」

「我們家是我煮飯，不是我老婆。」

「什麼？」這下子小靜的眼睛睜得好大，一副不可置信的樣子。

我和妻兩個人都在工作，立足點是一樣的。好像沒有理由說，一定要由妻來負責三餐煮食啊。應該要看誰比較有空，或者誰比較有興趣吧。

「準確地說，應該是我負責三餐。如果有空，我就自己煮。如果沒有空，我就買回家。所以說，我負責三餐。」

「我老婆懷女兒之前，我是連煎蛋都不會的，只會煮泡麵。但老婆懷孕之後，因為不方便動刀拿鍋的，我才開始學。」

「沒想到三餐的工作接下來後，就丟不掉。而為了養女兒長大，她喜歡吃什麼，我就學什麼。已經十多年，所以我很會煮囉。可以說，是為女兒而學會做菜的。」

「哇，看不出來，你還是家庭煮夫勒。」小靜笑著說。

「有時候加班晚回家。看到客廳一個在看電視購物，一個在滑手機。她們就真的等我回家弄飯，餓著肚子也沒關係喏。習慣等我來準備三餐。」

我想了一下，說出我的結論：「這也許是我愛她們的方式。我是從寵愛家人來獲得快樂的。」表達愛的方式，有的人送花送巧克力，有的人安排出遊或者說情話，而我的方式就是照顧一家人的三餐。

「當妳女兒真好。為什麼我先生跟你差那麼多呢？」小靜有點不滿的意思。

「他永遠只想到他自己，只想做他有興趣的事。煮飯洗衣、兒子女兒全部都是我的責任。好像只要薪水交出來，其他就沒他的事了。」

「至少妳有他的錢，還不錯啊。」我笑小靜。「妳先生也沒有什麼不好，規規矩矩的上下班，沒有不良嗜好。除了那次外遇事件之外，可能就只是自私一點，只顧自己，不管別人。」

「妳是家庭主婦，大部分的家庭主婦都是這樣吧。」

「我還是覺得很不公平，為什麼他沒辦法像你那樣愛小孩，照顧這個家。」

「也許跟他的成長背景、個性養成有關。到這個年紀了，大概也很難改變囉。」

「他不想投注心力在子女和家庭身上，他就體會不到育兒之樂，體會不到家庭生活之樂。就某些觀點而言，是他放棄了這些樂趣，很可惜。在我看來是很美妙的樂趣。」我替她先生解釋。

「唉，他可能根本不在乎這種樂趣啊。他只想享受他的工作、他的書、他寫的文章。」

「那他享受的東西就比較少，不像我那麼多。」

「他不在乎啦。唉，為什麼會差那麼多呢。」

小靜突然轉頭看著我，嘟著嘴，裝著小可愛似的說：「我真希望有機會也被你寵愛看看。」

霎時我的心底覺得暖暖的。這已經不只是一種暗示而已了。

我和小靜的先生，對家庭和小孩的觀念是怎樣的，在婚前應該是看不出來。在談戀愛時，我們一樣熱情，會寫情書，會說情話，會給體貼的承諾。但是婚後，顯然我們兩個的發展是完全不同，對家庭生活的參與度完全不一樣。既然婚前是無從判斷的，我也不覺得妻有特別努力經營，或者對我施了什麼巧妙的魔法。那麼也只能說，妻比小靜幸運，如此而已。

婚姻的開始是憑感覺，但婚姻的長久與美好是需要運氣，這似乎就是這一下午我和小靜的共同結論。人生有時就是有那麼一丁點無奈。

此時西天的雲朵上出現了淡淡的晚霞，天色已經接近黃昏。我們繼續一起散步，再閒聊一陣子。覺得時間差不多了，便走到三峽公有市場附近的福美軒餅舖，各買了一盒牛角麵包回家。她說要給先生當宵夜，我則要準備一家明天的早餐。在夫妻關係的談話中，愉悅又有點遺憾的，結束了這半天看起來就是一對夫妻的旅遊。

＊＊＊

三十年同學會沒有這樣輕易就結束的。

一些沒趕上同學會的人，熱烈要求另外再辦小聚會。所以，當Mitzy、佩玲從加拿大回來，范老大回到台中，甚至是在師大當老師的我芯升上教授時，我們都另外辦了小型同學會。而我和小靜每一場都參加，整個夏天非常忙碌。

小靜也沒停止之前的習慣，每隔一週或兩週就過來找我吃頓中飯。聊聊同學會，也聊聊家庭和工作上的一些趣事和麻煩。有時候我們吃完飯，還會到景美溪畔河堤上散步。可是每一次都利用我中午吃飯時間，其實不大方便。要是我晚回辦公室，同事找不到，太頻繁了也不大好。所以，我想了個方法。

副總在裁員之後，還想繼續降低成本。所以，他特別指示我，把一些工作外包出去，原本負責的技術人員也就遇缺不補。我並不是很贊成如此做，但是主管的要求，我還是得勉力配合。

IC設計這工作，前段設計工程是整個公司最珍貴的資產，必須好好保密，絕對不可能外包。但是後段的layout工程（把電路設計在電腦上用規則性的線條和方塊畫出來，有點像繪圖的工作），不但得投注長時間的人力，機密性也比較低，這就比較適合外包出去。所以，我花了一段時間，在竹東找到一家專門幫IC廠做layout工作的小公司，把我們的後段工程外包給他們來完成。但是，委外是不能完全不管的，還是要顧及品質。所以，我和這家公司談好了，每週四下午會過去他們公司檢查他們做出來的結果。如果有什麼不妥的，會要求他們修改。

剛開始，我都是吃過中餐後，休息一下，再開車去竹東。但這樣開車、開會、開車，幾個小時下來其實很累。所以，我告訴部門助理，決定要改變方式。要改成中午提前出門，到竹東吃個飯，休息一陣子，再開會、開車回來。我讓部門助理知道，我週四的行程大概是這樣安排，免得她找不到人。

於是之後，我都是提前在十一點半出門。和小靜相約吃個飯，河堤散步一陣子，差不多下午一點再開車去竹東。在時間上，其實沒有什麼延誤，同時兼顧了工作和與小靜的約會。

每週四的中餐成了我和小靜的快樂時光。我們也因此更加瞭解彼此和彼此的家庭。我常講發生在女兒和我之間的趣事。小靜每次聽了都咯咯笑起來：「你女兒真寶，而你真孝順你女兒。」她總是這樣說。

靠近九月中，大大小小的同學會終於告一段落，天氣也比較沒那麼悶熱。有一次中餐約會結束之後，我問小靜：「天氣比較涼爽了，我們下週到陽明山上走走，好嗎？」

「好啊！」小女生毫不猶豫。

那天剛好所有案件告一段落，不需要去竹東開會，所以我請了半天假。

當天中午離開公司後，我直接到小靜家樓下接她，然後開車上山。沿著仰德大道往上走，城市被甩到身後，山林便迎面而來。車到中山樓前往右轉，至此所有的家屋都不見，只剩下蜿蜒的山路和兩側濃綠。從車窗往外望去，天氣非常好。天空像是被清洗過般的水藍，但有些露著毛邊大朵大朵柳絮樣的雲，靜靜停駐在藍幕上。我們原本就愉快的心情，因為天氣，而感到更愉快。我們邊聽著音樂邊聊天。

我一直把車開到夢幻湖底下的停車場，才停下來。準備要去爬停車場到夢幻湖之間的步道。這段步道都是緩升坡，大約二三十分鐘即可走完。小靜有固定在健身俱樂部運動的習慣，我估計是不會有什麼問題。

登山口就在停車場的最裡側。一進登山口，先經過一段喬木林。下午這時間人很少，走進林木區時，就只有我和小靜兩個人。我們肩並肩靠得很近，幾乎要碰在一起的程度。當第一段較陡的階梯往上走時，我的手很自然地伸出去摸索小靜的手。一隻小巧柔嫩的手，沒有任何躲避，滑入了我的手中。我特意轉頭看一下小靜，帶著笑意。她也回我以微笑，好像在說：「這很自然啊，很高興有你牽我的手。」

我們繼續聊著天，慢慢地往前走。不一會兒就出了喬木林，跟著石板步道穿進初秋的芒草堆。這個時節的山剛剛自暑熱中脫離，逐漸倒向白芒草所帶來的秋意。我們左右四周是如此，連對面七股山整面山坡也是如此。再走一段路，開始起風。應該是穿過山澗，滑過山谷，有點興奮地撲向兩個陌生人的風。凌亂但不是很激烈。因為夏天的餘溫仍在，所以不會冷。我也只穿件長袖的格子衫。

走著走著，我突然發覺小靜似乎在發抖。我轉頭看一下她今天的服裝，除了裡面一件粉紅的長衫，外面還罩著一件米黃的薄外套。應該是不會冷才對。可是，她抖得很厲害。

「妳會冷嗎？」我問她。可是我也沒有額外的衣物可以給她。

「不會啊，我不會覺得冷。」

「可是風一吹，就是控制不了，會發抖，很奇怪。」

「也許是剛吹到風。要等過一陣子，身體習慣了，就不會。」雖然她這麼說，身子還是抖個不停。

用。於是，我另一隻手也抓起她的另一隻手。抓緊一點，想借兩人手心送她一些溫度，但是沒有用。於是，我把雙手環到她身後，順勢將她整個人抱進我的胸懷中，這樣終於暖和一些。起初她的臉側向一邊，半邊臉龐貼在我的胸口。過了一會兒，她才轉過來，微仰著臉，看著我，甚麼都沒說。小靜沒有化妝，淡淡的眉，迷濛的眼，高度剛好的鼻子，搭在一張純白姣好，非常迷人的臉上。我被吸引著慢慢靠上前，不自覺的吻了下去。小靜同時也閉上眼睛。我的耳邊有風聲，鼻端有小靜身上淡淡的清香。時間好像靜止。

不知多久之後，我才慢慢退回來。看到小靜的眼睛，先是咪咪眼，再緩慢的張開。看到她深深地吸了一口氣，再吐出來。看到淡粉紅的臉頰露出春天般的笑容。這一次我已經完全明白，不用等到她的眼神答覆我。

「妳好像不會抖了呦。」我對她說。

「好像是耶，真神奇。我說嘛，我只要一下子就會適應。」小靜很篤定的說。那麼剛剛為什麼會發抖呢？是風冷，還是其他原因？但對我而言，這一點都不重要。

我把她拉過來，怕她會消失不見似的，緊緊的夾在我的腋下，繼續往秋天的芒草裡走去，不再分開。

走到夢幻湖時，突然起了霧。霧來得很快，在我們四周驀然渲開。於是花草林木漸次隱身，世界變得不是那麼真確。但這彷彿就是我和小靜此時身處的情境。有點虛幻，不真實，但我們都意識到，人生的新頁已然打開。前面等著我們的是一條看不清未來的的路。然而，我們會攜手同行，並且彼此扶持，不論迷霧之後來的是風雨，還是陽光。

我們繼續往七星公園方向走，在半途叉往山中的觀景涼亭。本來這裡有非常好的視野，可以觀山看谷，有賞心悅目的山綠與天藍。但今天什麼都沒有，只有白茫茫一片。也好，我們看不到外面世界，換言之，也就沒有人注意我們的存在。這裡只有我們獨享的習習涼風和寧靜。我和小靜走到二樓。天地之間彷彿只剩我們兩個人。小靜走近欄杆，我跟著站在小靜身後，雙手抓著欄杆，把小靜圈在前面。我的頭依在她肩膀，臉頰靠著臉頰。一陣子後，她回頭向我。於是，我們又擁吻在一起。這次時間拉得很長，我們像自由落體，掉落在不可自拔的感情漩渦之中。

從夢幻湖回來後，我們變得更親密了。每一次約會，都會在車上或在沒有人的巷子裏，牽手，擁抱，接吻。我們之間的關係愈來愈明白。

日子過得非常美好。不論是我還是小靜，即使沒有說出口，彼此都預期，有些事情遲早會發生，已經是無可避免。

五、最想念的季節

十月約好要見面的某一天，二十度左右，還有夏天的影子。那天下雨，雖然不是傾盆大雨，但確定是不適合到河堤上散步的狀況。我開始考慮要如何安排。

我在捷運站前的車子上等著小靜。

不一會兒，小靜出現了。看著我看過無數次的身影，撐著傘，輕步走過紅綠燈，走向我的車。也許是怕濕的關係，她仍穿著夏天常穿的牛仔短褲、休閒鞋，上半身則是淡綠有花樣的運動衫。她愉快的走到車旁，收了傘，打開車門坐上來。我先看到她白皙的左大腿伸進來，然後是優雅靈活的身軀，最後是她的臉，及肩蓬髮中一張可親的笑臉轉向我，並帶來她身上特有的香味。那是最迷人的一刻。我每次都試著把它刻到腦海裡。在沒有相約的日子，在工作無聊的時刻，偶而拿出來回味。

「Hellooooo！」我總是壓低了嗓音，這麼開場。臉上一定帶著笑。

「你在笑什麼？」反而小靜經常是這樣開始的。

「沒什麼啊，看到妳就是很高興。」我是說真的。

「那今天你可以看個夠囉。」兩個一起笑。

車子開動後，我先慢慢開，因為有話要說。我說：「今天下雨，午餐後可能沒辦法到河堤上散步。」

「看樣子不大適合，那要怎麼辦呢？」小靜問我。

「吃飯也不是很重要，對不對？不一定要去餐廳。」我說。

「那當然，多吃只是變胖而已啊。即使是商業午餐，我都會覺得太多。」

「我比較想好好抱抱妳。」

「沒有問題啊，讓你抱，你有什麼Idea嗎？」

「我們去汽車旅館好嗎？那裡比較有隱私空間，要抱妳也比較方便。」我轉頭直接問，有點鄭重的探詢小靜的想法。小靜微微睜大眼，對我突然的提議感到有點意外，但微笑仍舊在。

「哦，從來沒有去過汽車旅館耶，不知道長什麼樣子。」她猶疑了一下。我伸了右手過去，輕握著她滑嫩的小手。她的手是溫暖的，既不退卻，也不緊張。她知道，有我在身旁，做什麼事都令人安心。

「不過，我也很想讓你好好抱耶。」她再遲疑了幾秒鐘，但並沒有改變心意。

「你想去，那我們就去吧。」小靜同意了。

那麼長久的相處後，我們之間不需言語的默契告訴我，她不會拒絕。甚至我們彼此心底都有期盼，到一個只屬於我們的空間，不需要跟任何人分享，而我們可以完全擁有彼此。

於是，我踩油門，開車往右轉，沿著河堤旁走。

「雖然我也沒去過。我想，應該就是旅館房間的樣子吧。」

「最重要的要求應該是隱密。」車子一面開，我一面講。

「幾次路過這裡，看到這裡有棟汽車旅館，它離所有的房子都有段距離。」

「看樣子，是很隱密。它的建築外觀看來，似乎也不會太差。我們去看看。」

經過一段長路，終於來到汽車旅館的大門口。注意到前後都沒有來車後，我把車左拐進旅館大門。在入口處停下來時，一個三十多歲有點風霜的小姐上前來詢問：「休息還是住宿？」我回答之後，付了錢，拿到鑰匙，便繼續往前開。在一間鐵捲門已經升起的房間前，右轉，進去。停好車後，按下牆壁的開關。鐵捲門轟隆降了下來，把一整個城市隔到門外，從吵雜到寧靜，剩下兩個人的世界。比原先預想的容易許多。

說來奇怪，我和小靜都沒有感到緊張，彷彿這是再平常不過的一件事。

我們坐在旁邊椅子上，把鞋襪都脫了。然後赤腳爬一段階梯，到樓上的房間。進房間之後，仔細看一下四周。擺設的很簡單，有床、電視、茶几和一間沒有完全隔開的浴室，而白色的床單蠻乾淨的，這似乎就夠了。那接下來呢？

接下來，我們站在床的旁邊聊天。好像兩個問路的人，站在路邊對話那樣。她提到女兒參加海邊划船營隊之事，非常有趣。我則說前陣子到深圳與客戶開會，聽到幾則很荒謬的故事。我們邊聊邊笑，好像我們就是專程來這個地方站著聊天似的。大約整整十分鐘，直到她的我的都剛好告一段落。

我們總不能一直聊，而且氣氛也對了，我知道應該要往前走了。

於是，我把小靜拉進懷裡，兩個人緊緊抱住，擁吻。輕仰著頭的小靜閉著眼，似乎很享受這樣美好的感覺。幾分鐘後，我伸手進小靜運動衫背後，找到胸衣的扣環，解開。再換到前面來，撫摸小靜柔嫩的胸部。我沒有停止。過一陣子雙手再移到後面，從略鬆的褲頭穿進去，撫摸小靜光滑圓潤的屁股。最後，我找到牛仔褲的鈕扣，解開，將小靜的短褲退下來。蹲下去的時候，我抱著輕吻小靜露出的腹部，然後用鼻子在她柔軟的皮膚上摩娑一陣子。

當我協助小靜把全身的衣服退下之後，輕輕把裸體的她放倒在潔白的床單上，小靜彷彿沒有受過陽光似的雪白胴體完全裸露在我面前。細細的頸子，細細的臂膀，圓滑的胸部和臀部，以及稀疏叢黑的私處。每一處都很迷人，每一寸肌膚都是誘惑。於是，我也脫下衣服，全身赤裸地躺到小靜身側。

我凝視著小靜，在眼眸深處找到柔情的回應。我再次深深的吻上去，雙手往她的後背游移。然後，我開始親吻小靜身體的不同部位。肩膀、臂膀、乳頭、腹部和渾圓的臀部。我用手指輕撫小靜的陰毛和敏感之地，直到濕濡，而我的陰莖已經堅挺，才爬上小靜身上，慢慢地進入她的身體。我感覺得出，閉著眼的小靜深深的吸了口氣，有稍微顫抖。

「好棒，我喜歡進入妳身體的感覺。」我在小靜耳邊低語。

小靜撫摸著我的臀部，也回我：「我也好喜歡，你在我身體裡。」然後我開始輕輕的蠕動，同時輪流吻著小靜的唇、臉和耳。那真是美好的一刻，天地寧靜，世界隔絕，兩個人肌膚貼著肌膚，交纏在小小空間裡。我和小靜擁抱著一起感受那種輕柔與甜美。

一陣子後，我的腎上腺素飆升，動作愈來愈快，也愈來愈大。最後終於激烈的射精了。射精之後，我額頭流著汗，整個人張開成一個大字形，癱軟在小靜柔軟的身上。我在小靜耳畔低聲說。

「妳好棒，好棒，實在太舒服了。」

小靜又深深呼吸一口氣，才悠悠張開眼，說：「你的屁股也好棒！」她用雙手再摸摸我的屁股，有點像獎勵似的，繼續說：「但是，你射精好激烈喔，很怕你喘不過氣來。」

「喔，有很激烈嗎？跑馬拉松啊，最後當然要衝刺，衝刺過後，當然喘個不停。呵呵。」

「但我完全沒有不舒服喔。相反的，現在的感覺，好像來到一座大山上，看著遠處的大湖，天藍水綠，空氣新鮮，那樣的全身舒暢。」

「哦，你的形容讓我想起京都的比叡山。」小靜說。

「什麼比叡山？」我問。

「去年我和先生去比叡山健行時，從我們野餐的地方可以看到琵琶湖。那天天氣很好，看山看水，也是覺得全身舒暢。也許跟你現在的感覺一樣。」小靜回我。

「嘿，我剛剛爬過妳身上的山，進過妳身上的叢林啊。呵呵。」說話的時候，我順手輕捏了小靜的胸部，我們兩個都笑了。我沒有翻身，還是趴在小靜柔軟的身上。

「我喜歡留在妳的身體裏頭。」我說。

「沒有問題啊，你想留在裏頭多久，就留多久。」小靜抱緊我的腰。

「我喜歡享受這種親密感，整個下午都沒有問題。」

「那就不要走，不要上班囉。」小靜抱得更緊些，咯咯地笑。

於是，我保持原本的姿態，身體趴在小靜身上，陰莖留在她的身體裡，嘴巴靠在小靜的耳旁，繼續跟她聊天。

「妳剛剛說到比叡山。」

「是啊，我和先生去年秋天去京都賞紅葉時，去過比叡山。從纜車站走到延曆寺，走山徑過去時，有個地方看得到琵琶湖。」

「那景色一定很美，將來有機會我也想去看看。妳是不是去過京都很多次囉，去過幾次？」

「我記不清楚了耶。可能有七八次吧。那裏廟多，花多，景點也多。尤其是春天的櫻花和秋天的紅葉，非常漂亮。我非常喜歡京都。」

「我也喜歡京都，但我喜歡的原因跟妳不一樣。」

「京都是日本的千年古都，很多故事都發生在那裏。我喜歡讀歷史，而京都就是歷史的舞台。」

「妳知道嗎，我最近在讀日本戰國時代的歷史，有提到比叡山。比叡山是日本的佛教聖山。」

「是嗎？我只知道山上有幾個區域，有好幾棟很老的寺廟，但不大清楚歷史。」小靜說。

「比叡山的延曆寺是天皇遷都之後最早設立的寺廟之一，政經勢力龐大。在戰國時期，因為政治立場對立的關係，織田信長曾經放火燒山，殺了三千僧人，因而佛教稱織田信長為第六天魔王。有沒有興趣聽這故事？」我問。

「織田信長，我好像聽過，但他跟比叡山的故事，我就不知道了。」

「你講吧，我喜歡聽你講故事。但是我對歷史很不行呦，怎麼都記不起來。這次聽過，下次可能就忘了。」

「沒有關係，妳忘了，我每次都可以當新故事，重新再講。」

所以，我就在小靜的耳邊，把織田信長放火燒山之前因後果，以及隨後的本能寺事變，豐臣秀吉又如何為主君復仇，最終取而代之。各個故事，簡單講了一遍。小靜對沒聽清楚的地方，會仔細問，似乎覺得我講的故事很有意思。

「妳知道嗎。我喜歡讀日本戰國史，而那些有趣的故事多半都發生在京都。所以，我有個想法，希望將來有機會能夠寫本有關京都的書。也許是旅遊書，也許是歷史書，但還不是很確定。」我說。

「真的嗎。你有這個想法，一定要去做。我覺得你寫得出來。」

「這是我個人的看法。除了工作賺錢之外，我總覺得人應該有另一種生活的目標。」

「譬如是興趣之類的，儘量要在一生中完成，不一定是為了錢或成名。比較像對自己的一個交代。好像是說，這一生我來過，有賺到錢，也完成我想做的事。」

「寫本書就是我想做的事。」

「你比較有想法，我支持你。」小靜也跟著感到興奮。

「如果你要寫書，那麼一定要多去京都看看，去實地感受。」

「如果你要去京都，那你一定要住東橫INN四條店。」

「為什麼？」我問。

「因為它在京都最熱鬧的地方。店前就是四條通，巷子走過去就是錦市場、寺町通、河原通。交通又非常方便，有阪急線、地下鐵，還有一堆公車。很容易去京都的任何一個地方。最重要的，又不貴。」

「所以，妳們去都是住東橫INN四條店？」

「對啊。在寺町通逛完街，五分鐘就可以回到旅館。而且有免費早餐喔。雖然只有固定的幾樣菜，如果不講究，或者趕時間，非常OK的。」

「不過，因為常客滿，所以得提前幾個月訂。記得喔。」

「聽起來很棒。我回去會查查看四條店的位置，將來可以用。」我回。

「如果住那裡，旁邊巷子有家魁力屋拉麵。台灣沒有，只有京都有。它的醬油拉麵清淡好吃，有種特殊的甜味。我每次去京都，放下行李後第一件事，就是過去吃拉麵。推薦你一定要去吃吃看。」

「真的那麼好吃啊。我也喜歡吃拉麵，我去京都，一定會去嘗嘗看。」我說。

「不過，還早啦，想寫書只是個想法，八字還沒一撇哩。」

「沒關係呦，你慢慢想，慢慢寫，我可以等。」

「希望等到你要去京都時，我可以偷偷跟你去。」小靜說完，我沒有回答。直接把嘴靠過去，又是一陣深吻。兩個人裸抱在一起一陣子。

然後，我們繼續聊一會兒，直到小靜說，她的大腿被我壓久有點麻。我才看看時間，發現時間也快到了。所以，我們就起身著裝，開車離開旅館。我先送她去捷運站，再自己到便利商店買個三明治，打算往竹東的路上吃。

但其實我吃不下。剛剛的美好回憶把我填得滿滿的，肌膚仍是小靜全身上下滑嫩的觸感。我回到車上後，也沒有立刻開車，只是在車上呆坐，反覆回想。

不知道當年十八歲的我有沒有想過，有一天我們會在一起？而既然已經失聯將近二十年，命運竟然還會讓我們重遇。我們是命定如此嗎？而這幾年的重新來往是那麼的自然平順，沒有一點點的生疏或違和，以至於今天上床的那一刻，感覺彷彿就應該如此。在進入小靜身體的那剎那，我好像久違的遊子回到了家一樣，感到既溫暖又安穩。在蠕動的過程中，兩個人幾乎是融合在一起，分不清彼此的身體。那種情感密合的感覺真是美好，讓我捨不得離開，離開小靜的身體，多麼希望時間可以暫停。

我現在就開始盼望下一次的見面。

但沒等太久，幸福只到街角折了個彎，立刻就又回來。

第二週同一個時間，在捷運站前的車上，沒有任何意外，我又看到白皙的左大腿伸進車裡。然後是細緻的身軀，和小靜甜美的笑容。還是開車經過河堤，來到上週到過的旅館。只是這次熟練許多。

這一次站在床邊的時間比較短了，只有三分鐘。

我們再次擁抱著做愛，享受這無距離的親密感。激烈的射精之後，我還是像上週一樣，喘著氣，整個身體一個大字形癱軟在小靜身上。仍然感覺十分舒暢，捨不得把陰莖抽離小靜身體，我貪戀著。小靜也是雙手撫摸我的屁股，感到滿意似的。

小靜仍然閉著眼。我則仍在她身上「休息」，並且輪流親吻小靜的嘴唇、鼻子、兩頰和額頭。我注意到小靜的皮膚非常好，平常很少上粧，才可以讓我在這麼近的距離，恣意肆虐。

我和小靜所要的並不是激烈往返之後的快感。我們所享受的是過程中那種特殊的親近與甜蜜，只有富含感情和默契的性，才能感應出的親近與甜蜜。所以，我和小靜完全不會緊張，整個過程中十分自在，好像我們天生就是要這樣做愛。

小靜還沒睜開眼，但看她緩緩的調整呼吸，胸部上下起伏，我知道她仍然留在那美好的感覺裡。突然，我想到前天在路上發生的一件有趣的事。我湊近她的耳朵，想跟她分享。

「妳知道嗎，我前天開車上環河高架道路時發生一件有趣的事。」我低聲說。

小靜慢悠悠的睜開眼，嘴角拉起笑容，然後才回我：「什麼有趣的事？」

「差點撞到一台車子。」

「那怎麼會有趣勒。」小靜皺了皺眉，以狐疑的眼光看向我。

「沒撞到啊，但這不是重點。重點是後面發生的事。」我繼續說。

「當時我開車要去桃園拜訪一個馬達廠商，從基隆高架路轉進環河快速道路。」

「轉過去時靠在最左邊。按照道理說，我必須打右轉燈切到中間車道，再直行。我也確實打了右轉燈。」

「可是我沒有仔細看右後方有沒有來車，應該是我的錯。結果右後方有一台白色喜美靠得很近，可能差點撞到，所以對方猛按喇叭。」

「我嚇一大跳，趕緊回到自己的車道。」

「透過後照鏡，我看到後面車上是一個戴著墨鏡穿著白色套裝的年輕女子。她按過喇叭後，加足馬力往前開，要超過我的樣子。」

「她超車到我右前方，突然間搖下車窗，然後伸出左手，對我比出中指。沒錯，就是中指。」

「而且手伸得很長，怕我沒看到。呵呵。」我笑著說，同時也誇張的用手比給小靜看。

「哇嗚！有點不可思議耶。」小靜也跟著笑了。

「有趣吧！」

「如果是男生這樣做，我可能會有點生氣。但女生這樣做，我倒覺得有點新奇有趣。」

「對啊，一般女生通常不敢這麼做的。」小靜說。

「我覺得那女生不只是生氣而已喔。她應該有看到，我是個男生。她應該是在對一個男生進行反擊。」我說。

「什麼反擊？反擊什麼？」小靜問。

「妳不會覺得這社會對女性的約束比較多，對男性的約束比較少嗎？」

「譬如女性都必須是溫柔婉約，不能講粗話。只要女性超出這個範圍，就會被批評。但男性就比較不會。家庭教育如此，社會觀感也是如此。」我說。

「男性為主的社會去塑造女性的形象，這不也是一種男女不平等嗎？」

「我想，也許有些女生被壓抑久了，會想說，我也生氣啊，為什麼不能開罵。所以，就像那個女生那樣，對我比了中指。中指至少是比較文雅一點吧。」我繼續說。

「嗯，我覺得是『女性的反擊』沒錯。」我這麼解釋。

「你也是很奇怪的人，人家跟你比中指，你還幫她解釋。」小靜笑著說。

「我只是覺得，一個文明的現代社會，應該還是儘量要男女平等比較好。儘量不要有，男性可以，女性不行，這種兩套標準。我們的這個社會，男女兩套標準的情況還蠻多的。」

「譬如有時聽到別人說，尤其是年紀大一點的說，媳婦要孝順公婆。我就會覺得有點奇怪。為什麼媳婦孝敬公婆是天經地義，而從來不會有人要求女婿去孝敬岳父母。好像媳婦的責任就是大於女婿，為什麼女生要背負比較大的責任呢？」我繼續說。

「這不大公平，也沒有道理。」

「對啊！不公平。我先生就是這樣。」小靜說。我大概是點到小靜的痛處了。

「結婚之後，他就把他家的事全部交給我。時間到了，我得記得要匯紅包給公婆，要寄禮物給小舅小姑，平時有事沒事也要打電話問候。」

「每年過年回他南部家，一定在他家廚房忙到死，還偶而被婆婆唸。但是，他卻對我說，沒事少回娘家。我娘家的事好像跟他一點關係都沒有的樣子。」

「以前我傻傻的，以為好太太就應該就是這樣。要斷絕跟娘家的關係，一切以夫家為重。任何事情都把先生擺在第一位。煮飯、帶小孩、伺候公婆、幫先生打理行程。說難聽點，我好像是個佣人，而且還沒有薪水哩。」

「不會啦，如果是佣人，也是個高級佣人。很會煮菜的，體面又帶得出門。還蠻好用的。」我開始取笑小靜，身體因而動了一下。

小靜感覺到了，拍一下我的屁股說：「喂，你笑得太用力了。滑出來囉。」小靜也跟著笑，她笑我下面。

我也感覺到，是滑出來了。於是，用手稍微撐起身子，騰出一點空間，另一隻手調整一下陰莖的方向，想重新進入小靜身體。小靜也用手幫忙。但是，試了幾次都不行。

「糟糕，軟掉了。滑出來，就進不去了。」我說。這是很現實的問題。小靜也朝下面看了一下，摸摸我的陰莖，好像在安慰一樣。

「可能要再硬一點，才進得去。」小靜說。

「那可能要再等一陣子，這種事沒辦法說硬就硬啊。」我說。

既然沒有辦法再進去，只好換個姿勢。於是，我從小靜身上翻過來變成仰臥。小靜則側臥過來，右大腿跨在我大腿上，頭和上半身俯臥在我臂彎胸懷裡。還是很舒服的一個姿勢。調整好後，我們繼續剛剛的話題。

「以前真的好傻。」小靜說。我聽到微微的嘆息聲。

「我先生說什麼我都照辦，只要一臭臉我就很緊張。結果他把我所有的努力都視為理所當然。現在想想，實在太傻了。」

「發生女醫生外遇那件事後，一切都變了。他把我當什麼？不需要我的時候，就想把我一腳踢開，想到這就令人胃痛。」

「太不值得了，太不值得了。」小靜特地重複了兩遍。

「你說的對，實在不應該太依賴我先生。其實我要的也不多，我只是想要回屬於自己的東西。我希望能夠決定自己的生活，用不著任何事情都需要經過他的同意。我又不是佣人。」

我親了她額頭一下，表示贊同，然後說：「沒錯。我是覺得每個人都應該有自己的決定權，自己的獨立生活。任何人依賴另一個人，都不是件好事。」

「而且也應該儘量要公平。夫家和娘家應該一致看待。」

「對嘛！」小靜附和我。這幾年發生這些事情，小靜的感受應該是很深刻的。

「你知道嗎，我最近爭取成功了耶。」小靜突然抬頭看我。

「什麼東西成功了？」

「可以自己出去玩啊，不用我先生跟我去。」

「真的？太棒了。」

「我有個大學同學，寒假要全家去新加坡玩，邀請我們家一起去。我知道我先生比較胖一點，怕熱，不會喜歡去那麼熱的國家。我問他，他果真不想去。所以，我爭取帶女兒一起去。剛開始，他都是臭著臉。多說幾次之後，他也沒什麼辦法阻止了。」

「太好了，妳終於跨出了第一步。」我替小靜感到高興。

「我的旅遊，他不一定都要跟啊。有時也可以，我玩我的，他玩他的。兩個人硬是綁在一起，限制又很多，往往不能盡興哪。」

「像他的餐會，或有外賓來，也不需要每次都要我訂餐廳，陪吃飯啊。他們喜歡喝酒，又盡聊一些醫學相關的事，其實我都沒有興趣。有時候，還是各自安排比較好。」

「如果可以慢慢來，一步一步讓妳先生接受，這樣真的比較好。有時候是兩人共同生活，有時候有各自的生活，這樣的生活方式是比較健康的。」

「嘿，我很怕將來他從公務人員退休，每天躲在家裡寫文章，什麼事都依賴我。我變成要全職侍奉他，哪裡都不能去。哇，那不死掉。太恐怖了。還是要訓練他，自己的事自己處理，夫妻還是要有各自的生活。」

我是完全同意這樣的概念的。我也是常跟妻說，為自己的老年生活著想，應該要有自己的興趣，自己的生活節奏。即使是夫妻，也用不著什麼事都綁在一起，究竟還是有些需求是不一樣。

「很棒，加油喔！」我繼續說：「妳覺不覺得妳這也是『女性的反擊』呢？」

「咦，是嗎？」小靜懷疑的看著我。

「我覺得是。只是那個女生是對我比中指。而妳從妳先生那兒想要回來的是，有自主權的獨立生活。」說完，我又親了小靜額頭一下。小靜沒有再說什麼，顯然同意我的看法。

我們在聊天時，小靜的右手先在我胸部腹部遊走。然後，再慢慢往下移到我的胯下，先撫摸我的蛋蛋一陣子，再輕輕地抓著我的陰莖玩弄著。原本軟趴趴的陰莖又有些反應，慢慢變硬。

「咦，它又變硬囉。」小靜說。

「被妳碰，它當然又會站起來。」

小靜抬起頭，俏皮地跟我說：「今天它辛苦了，表現得很好呦。」

「沒錯，它忙進忙出，累得要命，而我們兩個在上面快樂。」

「那要不要慰勞它一下？」我也俏皮的回她。

小靜先是睜大眼，然而一下子後，露出甜媚的笑容，慢慢地往我腹部方向退去。她低下頭來到我的兩股之間，先是輕輕咬著我的蛋蛋，再慢慢的把我的陰莖含進嘴裡，開始上下滑動。我就說不出話了。

之後，我們盡可能定期約會。但為了怕曝光，幾乎從來不通電話，也很少用剛剛出現不久的Line通訊軟體，只以email往來。而在email裡只聊旅遊、工作、家事，偶而她的花期和我的歷史故事。沒有任何跡象可以顯示她和我之間的愛意。

我們小心翼翼地維護這段地下戀情，避免被任何人知道。

這段期間，在我這邊出過最大的一場風波是，有一次我感冒一個月，所以只能改約到河濱咖啡屋吃吃飯。那一天吃完飯後，要離開時，剛好被隔壁部門的女助理遇上。可是，當時我們既沒擁抱，也沒有牽手，就像兩個普通朋友那樣走過去。女助理應該是看不出來什麼。頂多是回到辦公室後，傳些我和某個漂亮女生「幽會」之類的謠言吧。

但是兩年之後，發生在小靜那邊的一樁「大事」，就差點讓我們的事穿幫。

先是某一天下午小靜寫了email跟我說，發生「大事」了。但除此之外，什麼都沒講。然而我有預感應該跟我們有關。所以，只能等約會那天，見面再說。

「那天晚上我在房間裡寫email要給你。」見面那天小靜說。

「突然間我的手機響了。因為剛剛才吃過晚餐，我忘了把手機拿進來，而是放在外面餐桌上。」

「於是，我立刻登出帳號。跑到餐廳去接手機。是我媽媽，跟她聊了一陣子。等說完後，回到房間，居然看到我先生站在電腦旁。我嚇了一大跳。」

「我雖然已經登出帳號，可是畫面停留在gmail的登入畫面。螢幕上顯示有兩個帳號。一個是我的英文名。另一個是你的英文名Ray。我是用Ray這個帳號專門來寫email給你的。」

「天呀！當時我的心整個冰冷，我先生一定會起疑。果然，他問我，為什麼有兩個帳號？Ray那個帳號是做什麼用？」

「我一下子不知道如何答覆，只好瞎掰說，因為辦手續啊，申請卡片之類，都得留email。所以，才隨便建了一個，免得原來的email收一堆廣告信。」

「我先生說，是嗎？要我打開給他看。我簡直要暈倒。我只好說，我有我的隱私權，即使是些無聊的東西，也不想讓別人看。」

「我先生繼續說，夫妻間應該沒有任何祕密啊。不然，你也可以看我的帳號。我死硬的回他，不想看他的，但也不願意讓他看我的。我們就這樣僵在那裏很久。」「他用盡各種方法要說服我。但我絕不能讓他看啊，即使email中談的都是家事、旅遊、你的工作這類的瑣事，沒有半點激情。但全部的email都給同一個人，我就解釋不來了。所以，我就死也不給他密碼。」

「堅持的好。那結果呢？」我問。

「我還是沒給他啊，給了我就完蛋。他一定會要我跟你斷絕聯絡的。我們就這樣僵在那裏半小時啊，最後他也只能放棄。」

「我想他心裡可能會有個疙瘩，但時間久了也就會忘記。如果要論疙瘩，我心裡頭的才大哩。」

「你先生沒有想辦法去破解妳的帳號密碼？」我只是在嚇嚇小靜。

「我先生是電腦白痴，他絕對沒辦法破解的啦。」

說實在的，聽小靜講，我是捏了一把冷汗。萬一被她先生發現，要小靜跟我斷絕來往，那該怎麼辦？我不就失去小靜了嗎。還好她堅持住。我跟小靜說，以後還是要多小心一點，再來幾次，恐怕她的和我的心臟都會受不了。

這件事暫時解決了，卻突然讓我想起一首歌。也許可以趁這個機會，介紹給小靜聽聽。於是，我上YouTube去把它找出來。

這是一個名為Procal Harum的英國樂團，在一九六七年所錄製的一首單曲。名稱有點奇怪，叫做"A Whiter Shade of Pale"。不僅是歌名奇怪而已，連歌詞內容也很難懂。但當年卻是一首熱門金曲。

我放這首歌給小靜聽。

這首歌的節奏緩慢，有管風琴從頭貫穿到尾。曲風是巴赫的巴洛克式，聽起來有如一首教堂聖歌。但旋律極為優美。

播完之後，我問小靜：「好不好聽？」

「非常好聽。而且像你所講的，像一首聖歌。你為什麼給我聽這首歌？」小靜有點不解。

「妳回去，可以去找它的歌詞來看。歌詞有點奇特，看不大懂。但是，簡單說，就是一個磨坊主人跟別人訴說，他的太太跟房客有染的故事。當磨坊女主人聽到她先生這麼說，整個臉變得像鬼魂一樣蒼白。」

「哦，你又在笑我了。」小靜懷疑地看著我，但她也很習慣啦。

「是啊，妳先生是磨坊主人，那個臉色蒼白的女主人就是妳。可以想像當你們在電腦前僵持時，妳的臉一定十分蒼白A Whiter Shade of Pale。」

「以前我聽這首歌，覺得是首好歌，但沒有什麼特殊感覺。以後不一樣了，只要聽到這首歌，我就會想到妳。想到妳臉色蒼白。因為，我們之間一段說不出口的戀情。」

這一次小靜沒有笑，只是睜著大眼看著我，顯然在她心底觸動了些什麼。那是一張極為漂亮的臉，我親過無數次的臉，我希望她因為幸福而紅潤，不要看到她害怕而蒼白。我把她拉過來到懷中，深深的吻下去。

照例，小靜回去之後，就把這首歌放到她手機裡，有空時就拿出來聽聽。她會從音樂中來回想我們一起的時光。我沒辦法陪伴她的時候，有音樂陪伴她。我想她很幸福，我覺得我也很幸福。

在我們低調的保護下，我和小靜的戀情平靜的持續著。但我的工作，不論是如何低調的努力，卻有愈來愈糟的趨勢。我帶設計二部的研發工作比較沒什問題。但是我與副總的關係，主要是對公司經營和部門管理看法的歧異，卻有愈來愈大的傾向。

那一年業績仍然沒有起色。年終檢討會上，先是各個部門上台，檢討今年的工作結果，說明來年的目標。最後由副總針對未來的發展，下一個結論。他說的一番話讓我十分訝異。

副總說：「只要能賺錢的，我們就做。」他意思是，看看現在市場上，什麼大賣，什麼賺錢，那我們就做什麼。這句話在邏輯上是正確的，但做為一家科技公司的發展策略則完全不可行。

IC設計經過二三十年的淘汰賽，現存的設計公司競爭得異常激烈。為了存活，每家公司都會專注於某一應用領域，發展自己獨特的核心技術。不可能有一家公司，什麼都會做。

按照副總的講法，完全不考慮自己的核心技術在哪，只看市場往哪個方向吹，就往那個方向跑。這會累死研發人員，去追逐一個個達不到的夢。

身為一個上班族，領薪水過日子，反正老闆怎麼說，就怎麼做，薪水也不會少。但對我而言，我想要的，我所期望於公司的，不單只是報酬的問題。所以，我會感到很失望。

只是失望，也還可以忍受。但後來在部門內發生的事，就使我完全失去對副總的信任。

有一次我和部門裡一個經理單獨面談，我們在討論下一季的開發重點。當時有A和B兩種方案可以選擇。A方案的技術比較成熟，只要我們加一把勁，很可能下一季就可以完成，可以推出新產品。只是市場競爭者眾，利潤不會太高。B方案的技術則難上許多，還在摸索階段。我們未必開發得出來，但相對的，如果做得出來，利潤會比較好。而我們部門人力有限。

「A方案已經做到這個程度。我們先完成A，再考慮B好了。」我對經理說。

「但是，業務說，他們要的是B，比較好賣。」經理回我。

「業務都是這樣。我們做出來的，都不好賣。我們做不出來的，他們就會說，比較好賣。」

「等我們終於做出來了，他們又說市場時機已經過了。」

「但是如果我們把A做出來，沒有客戶要，也是白做啊。」經理繼續說。

「是有這個可能。但至少我可以借A來磨練工程師的經驗和技術。當他們下一個拿B當目標時，會追得比較快。」我這麼回。我不能只看業務的目標，也必須一步一步培養工程師的技術能力。而我很清楚，技術這東西不是一天兩天的事，是無數失敗所累積出來的。

「可是副總說，我們需要業績，需要賺錢。B方案比較有可能。」經理說。

這句話突然讓我有種不好的感覺。以我過去的經驗，經理是很聽從我的意見的。我怎麼說，他怎麼做。但今天不一樣，今天有一點像他在勸我做方案B。我覺得奇怪。所以，這次會談沒有結論，我跟經理說，我會再考慮一下。

我回到座位之後，立刻給部門助理寫了封email。跟她說，今天經理對我決定採用A方案，不大認同，不知道為什麼？

部門助理為了寫會議記錄，有時也會參加我們的一些重要會議。所以，對A方案B方案也有些瞭解。而她消息又很靈通，所以，有時我會問她找答案。

果然，部門助理很快就回信給我。她說，昨天下午副總有找經理去談，好像是副總要經理先做B方案的。這應該是副總的決定。

我看到回信，心涼了一半。原來是副總已經找經理先談論過。這使我感到非常的不舒服。設計二部是我在管，所有決定應該由我拍板定案。副總這樣做，等於是跳過我，做了決定。如果是這樣，以後部門裡誰要聽我的。我的話只能當參考了，大家都會等副總做最後決定。

副總如果真要做B方案，正確的做法應該是先說服我，再由我把這目標帶到設計二部。但他選擇跳過我，直接插手設計二部。副總也許不是故意這麼做，但很顯然沒考慮到我的感受。

為了不讓底下工程師無所適從，我還是直接去找副總討論。結果得到的結論是，兩個方案都做。這也頗為符合他在年終檢討會上說的那一番話：「只要能賺錢的，我們就做。」所以，本來就很吃緊的部門人力，再分成兩組。我實在覺得很無力。

其實，這也不是第一次。去年討論人事升遷時，設計二部中誰可以獲得晉升，他的看法就跟我不同。我是天天帶著部屬工作的人，他只是偶而看到某些人的表現。結果他認為他的看法比較正確。我也沒辦法跟副總爭，最後還是只能順從他。

副總跳過我做決定，晉升了我認為不合適的人。既然我不能獲得信任，不能獲得完全授權，做為一個部門主管，我和副總之間的合作關係變得很尷尬。這種情況下當個中階主管，只會愈來愈痛苦。這終於使我有另外找工作的想法。

當我把副總所做之事描述給妻和小靜聽，並說我有打算換工作時。

妻回我：「你做你想做之事，你做什麼我都支持你。」那時我們剛吃過晚餐。老婆一邊看平板中的公文，一邊轉頭回答我。眼神裡包容一切。

小靜則說：「你副總有毛病啊，換個工作好了。你一定有更好的發展。」當時小靜還躺在我的臂彎中。她抬起頭來看著我，臉上是信任的顏色。

既然她們兩個都同意了。我應該試著再找工作。

於是，我開始寫email給幾個同樣在業界的好朋友。詢問他們有沒有什麼合適的工作機會。大部分人都回我說，不用擔心，依我的能力，沒有問題的，一定可以找到更好的工作。但我瞭解，這不過是禮貌性安慰我的講法。

這一個多月中，我還是接到四個朋友的邀約要談工作。一個約在外面吃飯。但他不是要提供工作機會，而是介紹另一個也在找工作的朋友給我。看我和他兩個人談一談，能不能迸出什麼火花。結果，沒有。第二和第三個朋友都是高階管理的工作者，約在他們公司的會議室。我帶著筆電去赴會，對我所從事的技術做了完整的說明。他們看過也瞭解之後，略帶歉意地說，公司目前還沒有發展這方面產品的計畫。最後一個朋友則約在他們公司樓下的咖啡廳，邊喝咖啡邊聊。我還是很賣力地解釋了我最熟手的技術。朋友也是稱讚我的研發實力，可惜沒有相關工作可提供。但倒是有一個離我領域有點遠的技術經理工作有缺，問我能不能考慮改去做那個領域？我說，我得回去想一想。

這一次不像上次李爾介紹工作給我那樣順利。漫長的等待之後卻是反覆的失望，這種感覺實在令人難受。雖然還是每天在工作上努力，別人不知道的是，我的心情已經愈來愈消沉。

某一天早上，當我消沉的在辦公桌讀email時，好久沒有音訊的艾雯，突然發簡訊來了。我點開來看。

親愛的瑞，早安！

一早走過學校川堂，陣陣冷風襲來。

即便已身著長袖小外套，肌膚仍感受到絲絲寒意。

旋即不自覺的想起你。

總是在這樣的溫度裡，勾起當年在校園與你初識的點滴。

總是在這樣涼涼的天氣裡，身體呼喚著記憶。

那一份亦羞澀亦甜美的回憶。
那個人，恆駐我心。

突然間，我感到心頭微震，時間好像靜止了。原本吵雜的人聲逐漸淡去。我坐在自己的方塊隔間裡，像沈船一樣的陷落。陷落在記憶之海。

那晚我走過長長的走廊，來到聚光燈裡的表演廳。站在觀眾的最後一排，靜靜地看完表演。在觀眾熱烈的鼓掌中，我走到舞者下場必經的後台，等著表演完的舞者一個個興奮的由左前方側門離開。突然間有一個人注意到我，停下腳步。那張望著我，微掛著汗珠的臉，轉而燦笑，像春天櫻花一樣的顏色。「你怎麼來了？」「有看到我表演嗎？」「等等我，我去脫一下服裝，立刻回來。」

換完衣服的艾雯回到我身邊。她沒有和大夥兒一起去吃慶功宴。她把她的快樂只留給我，與我分享。

「今天下午在學校宿舍沒等到你，我哭慘了。室友搞不清楚我為什麼哭。」

「我不知道原因，但我以為你不會來看我表演了。好像天塌下來一樣。」

「現在你來了，什麼都不重要。不用給我任何理由，我只要你在我身邊。」

那晚我的話不多。我們在校園裡陰暗的角落散步，艾雯很自然的挽著我的手臂，那也是她第一次挽起我的手，第一次那麼親近。最後我們坐在教室門前的石階上，艾雯的頭靠著我的肩。對她對我而言都是一個美麗的晚上，而艾雯感到很滿足。

艾雯從此活在二十多年前的那個秋天，不曾離開，即使曾經被我傷害過。她只留下想要留下的，忘掉不想記得的。記憶經過切割，從此變得美好。我是不是也該跟她一樣，只選擇美好的一邊？對她，我真的有一種理不清的複雜感情。站的遠，怕她難過。靠的近，又怕再傷到她。我總是猶豫。

考慮一陣子之後，我回她簡訊。

那也是我生命中最美麗的秋天。
我永遠記得那個美麗的青春倩影。
即使我們現在隔得很遠了。
但只要妳回頭看，不論什麼時刻，我會在這裡。
妳在我心上。

我到底能為艾雯做些什麼？不是很確定。也許我就這樣永遠在這裡等著她，等著她的需要。像那個秋天一樣，一個肩膀，或一個擁抱。也許這樣就夠了。

大約一個多小時後，艾雯才又回我簡訊。

親愛的瑞，看到你的回覆，讓我所有的疲累都消失。
你好像有什麼特殊的魔力似的。
你是我的阿拉伯神燈喲。
今年八月，我當上教務主任後，真的是忙翻了。
但有空的時候，想著你，
我就覺得很幸福。

艾雯當上教務主任啦。她是個好老師。我記得前陣子她有去參加什麼升等的考試。她真的是一個努力不懈的人，非常努力地想扮演好各種角色，包括老師和她最懼怕的媳婦角色。真替她感高興，也感到辛苦。她也真的需要一個肩膀，偶而可以休息一下。她這麼努力，我相信她遲早會當上校長的，但即使當上校長，也無法減輕她在各種角色之間的勤苦奔波。

哇，當上教務主任。恭喜妳！
我想再過幾年妳就要當校長囉。

妳值得，因為妳很努力。

只是我常替妳感到不捨，覺得妳太累了。

好好保重自己的身體，為家人，也為我們下一次相見。

我是真心的。

艾雯當上教務主任一定更忙碌，或許我們見面的頻率還會再降低。不知道原本就稍嫌瘦弱的身子，還能瘦成什麼樣子。

與艾雯的簡訊結束後，那個秋夜的景象便消失了。我知道接下來會有很長的空白，以及不知道會發生什麼事的未來。

艾雯的家庭生活雖然很辛苦，但學校工作卻是很順遂。我的情況剛好顛倒。在家庭裡我沒什麼好煩憂的，但換新工作這幾年卻是非常不得志，沒能好好發揮。然而，我沒什麼好抱怨的。我甚至覺得這樣有得有失的人生，命運沒有特別偏愛某個人，這才是公平。艾雯是如此、小靜是如此、我和我周遭的每一個人都是這樣的。沒有人有完美的人生。

我回頭來煩惱自己的工作。

我突然想起一個人來。

去年在一場學術研討會上，我遇到一個同系的學長。他同時也是我讀研究所時的室友。當時我唸碩士，他直攻博士。雖然很久沒見，但稍微聊一下，立刻恢復熟悉。最近聽朋友說，學長和人合資開了一家新的IC設計公司，似乎也是有關於馬達應用方面的。於是，我趕緊找出他當時的名片，寫了email過去，看看有沒有合適的機會。本來不抱太大的希望，沒想到學長立刻就回覆，並且相約要見面。由於算是熟人，所以乾脆就約在自己家裡。

那天學長依約來到我家，就穿著短褲和拖鞋，他真的當我是熟人。做技術的人不修邊幅是很常見的，所以我也不覺得奇怪。

一番寒暄之後，進入正題。我把電腦打開，播放我在實驗室中錄下的影片給學長看。是開發中新型馬達的測試狀況，只有兩分鐘的長度。但如果真的是在這個領域工作的，兩分鐘已經足夠。

「這是你自己做的？包括板子、驅動線路、控制程式？」學長睜大眼問我。

「是啊，完全是我自己動手完成的。我在這個領域已經研究了四年多。各種設計方式都做過。使用MCU或者FPGA。但FPGA需要搭配一些類比線路。」

「不論數位部分或類比部分，我都知道怎麼做。」我說。

「如果我們要求你，到我們公司重新製作一樣的設計，你辦得到嗎？」學長認真地問我。

「沒有問題。只要讓我重買一些零件，我可以從頭做。不論你要我轉什麼樣的馬達，我應該都做得出來。」我對自己的技術很有信心。

「看樣子，你很有把握。」

「這是我的專長啊。」

「我們公司就是要你這種技術。如果你到我們公司，應該可以大大減少我們摸索的時間。你真的想要換工作？」

「我是真的想要換工作。我之所以想走，並不是因為研發工作上的困難，而是因為和直屬的副總合不來。他的管理太過凌亂，讓我無所適從。學長，我跟著你應該比較沒問題吧。」

「因為我們是剛開始的小公司，不會管太多。但就是每個人應該把自己負責的部分做出來。我當然是授權給你，讓你儘量發揮。」學長繼續說。

「可是如果你來，你會是高階主管，你要負責帶團隊。我必須跟公司的大股東，也就是背後真正的大老闆講一下。我想安排你去跟他見面，可以嗎？」

「當然沒問題。只要你約好時間，我一定會過去談。」

「我們的大股東姓丁，因為是博士，我們都叫他『丁博』。他在業界很有名，人也蠻好的。我想他會喜歡你的。」

「我會帶著所有必要的資料，如果他要我解釋些什麼。」

「放輕鬆，丁博很容易相處的，不用太緊張。」

學長回去了。第二天他就約好時間地點，告知我。我則查了一下網路資料，想起來丁博確實是個名人。當年他創立一家科技公司，短期內就做出非常有競爭力的產品。結果他的公司被競爭對手高價收購，他則獲得巨額的回報。但是幾個月以後，他就脫離原有的公司，另外再成立一家公司。結果產生智慧財產權的糾紛，這件事有上報。

我後來有跟妻和小靜提到學長的公司。因為是新創公司，目標就是要開發產品，然後上櫃上市。可以想像，工作起來一定很辛苦。但是，如果可以成功，股票換鈔票，致富不是問題。IC設計業，很多人期待的就是這樣一件事。我雖然意願不是那麼強烈，但總是一個難得的機會。

妻的回覆比較保留，希望我多考慮自己的健康，身體能不能負荷。但小靜就是忠實的啦啦隊，做什麼事都給我最大的支持與鼓勵。然而，有個難題，公司在新竹。如果我去上班，很可能得當個三五族。平時在新竹租屋工作，週三週五下班才回台北。在這方面，妻反而支持我，我怎麼安排她都接受。而小靜，我則沒提，不知道怎麼提。很顯然的，要像現在這樣維持定期約會是不大可能，甚至連偶而見面都不好安排。我該怎麼做呢？自己的職場生涯重要？還是與小靜的約會生活比較重要？我考慮了好一陣子。反正也還沒有成局，先談談看再說，最後一刻再做決定。說不定船到橋頭自然直，屆時會出現好方法。在這件事上，我是有一點鴕鳥心態。

約定的那天，我提早到敦化南路的大樓底下等待。不到五分鐘，學長帶著笑意出現了，我們隨即一同搭電梯到二十六樓。這是一棟剛剛建好不久，非常豪華漂亮的大樓。到了公司門口，我看到招牌掛的是某某「科技顧問公司」，並不是「電子」或「設計」之類的名稱。所以真的是投資者，而不是負責實際的經營。

進公司之後，秘書領我們到一間乾淨明亮的會議室坐下等待。我隨身帶著筆電，心態是可以立刻拿出來進行一個小時技術簡報的狀態，完全是個求職者的準備。不一會兒，丁博來了。中等身材，結實的身體，穿著白襯衫和深色西裝褲。臉上戴著金邊眼鏡，有學者氣息。但掛著比學長還大的笑容，很熱情的走過來跟我握手。丁博介紹他自己，給我他的名片。名片上職稱，不是董事長或總經理，而是「合夥人Venture Partner」三個字。我雖然在職場中工作多年，但都走在制式的組織架構中，謹守上下的從屬倫理。這是第一次遇上不在組織表中，但遠比任何人重要的情況。

學長非常推崇丁博。他先開場，介紹丁博過去的許多業界戰績。最後結論，簡單的說，就是只要丁博出手，結果就只有成功沒有失敗這回事。然後，丁博和學長開始聊天，提到許多過去一同合作的夥伴，或火拼的競爭對手。當他們想到我時，會順便問我認不認識這個人，或知不知道那件事。我都是給予簡短的答覆，只是應付，但我內心真正記掛的是，何時該我來做簡報。

結果，我的求職簡報一直沒發生。我們愉快地聊了一個多小時之後，已經十二點。丁博說，要用餐了。我原以為會下樓到某家餐廳用餐。沒想到是，五分鐘後，秘書端進來三碗熱騰騰的牛肉麵。端上桌時，還冒著熱氣。牛肉麵的湯汁非常清淡，幾乎沒有油脂。所以，吃起來，喝起來，非常清爽。不是在街頭小店，會讓人吃得一頭汗滿嘴油的那一種。但這是一棟大樓的二十六樓啊，怎麼來的三碗現煮的養生牛肉麵。

用過餐後，繼續聊。他們都當我已經要加入這個團隊的模樣。我在內心裡當然感到很高興，即使沒有付出什麼努力，帶來的筆電完全沒打開。一陣子之後，丁博似乎另有行程，準備要離開。要走之前，很誠懇地跟我說了一段話。

「歡迎你加入我們團隊，你可以讓我公司實力增加不少。」丁博說。雖然，整個談話中沒談到什麼技術，沒給我簡報的機會。但我對這樣肯定的結果，感到興奮。一條嶄新的道路，已經在我面前展開。我回說。

「沒有啦，但我一定盡力。」還是很簡短的。

「如果有什麼需要，隨時跟我聯絡喔。」丁博做為一個大老闆，真的很客氣。

「會的，我一定會跟學長好好配合，希望不要讓你失望。」

「喔，對了。」丁博好像想到什麼，趕緊補充說：「你離開你們公司，繼續做馬達研究，會不會侵犯到你們公司的權益，公司會不會告你？」

說實在的，我從來沒有想過這個問題。但我在公司裡，上下關係都很好，可以說是完全沒有仇人的情況（也許除了那三個被我資遣的員工，但他們已經不在公司）。

「我雖然要走，但我和副總仍然保持很好的關係，沒有任何不愉快。他是一個很溫和友善的人，不會告我的。更何況，最終產品根本還沒做出來，只是在研究階段。」

「你和副總關係不錯是很好，但是有時經營公司還是會公事公辦的。訴訟不是要打死你，只是用來延緩我們公司產品推出的時間，讓我們失去先機。到時候假扣押之類，讓你和我們公司都會很麻煩。所以，我們還是防著點比較好。」

「我前一家公司就告過我啊。還好，我事先安排得好。所以財產，不是在國外，就是在老婆那邊。我自己名下一塊錢也沒有，這樣才不會影響我自己的生活。」

「你有沒有朋友開公司，跟這個行業無關，先到那裏過水個兩年。或者乾脆把所有的動產不動產移到你太太那邊，這樣也不怕公司來告。」

這番話讓我十分震驚，立刻從雲端掉到地獄。我雖然也喜歡賺大錢，但從來不想經由這種方式。這不符合我的本性。我絕對不願意與老東家翻臉，絕對不願意攪入訴訟之類的無聊事情。完全沒有必要。在這種情況底下，如果要避免跟老東家競爭，我寧可放棄原有的技術，重新開始。

老東家有我的同事和部屬，我是無論如何也要避免跟他們有任何的不愉快的。每個人的堅持不大一樣，而這是我的原則。

原本搭電梯上樓時，或者是和丁博一起吃牛肉麵時，那種期盼與興奮，彷彿前程愈來愈明亮的感覺，此時已經完全消失。當我和學長搭電梯下樓時，事實上，心裡已經做了決定。

當我決定之後，反而鬆了一大口氣。我最先想到的是小靜。我不需要去跟她做任何解釋，不用去想變成三五族之後的安排，她仍會安穩的在我的臂彎裡。然後，我跟妻說了，她似乎也是鬆了一口氣。我是瞭解她的。雖然無論如何她都會支持我，但在她內心深處，賺大錢絕對比不上我留在她身邊重要。

一切都退回原點，這是我該有的磨難，繼續在副總的身旁苦惱我的工作。

＊＊＊

艾雯有很好的發展。小靜安心地待在我身後看不到的地方。我和妻則繼續過著平淡的日子，各自努力生活工作，解決自己的問題。

某個週末，女兒留校念書，不在家。我和妻決定不煮食，去外面的餐廳吃晚餐。我們走到永康街附近，簡單的吃了拉麵。再走到大安森林公園，繞著圈圈，做飯後散步。反正時間還早，天氣也算不錯。

我們的話題通常是從女兒開始，講完女兒之後，好像就沒什麼好聊的。她的工作和我的工作問題，已經談到膩，毫無新鮮感可言，所以我們暫時靜下來。即使沉默地走著，我還是習慣牽著妻的手。

是不是所有的夫妻經過那麼多年的共同生活，都會來到「無話可說」的境地？我不知道。但是，我總希望這不會是常態。即使激情不再，也不要有如一灘止水啊。突然間，我想到一個問題，或許可以為今晚的沉寂激出一點漣漪，我說。

「我問妳一個問題，也許會有一點難回答。不過，妳可以試著想想看。」

「什麼問題？」妻問。

「我們已經一起生活了二十多年，都老夫老妻。妳覺得妳現在愛我的方式是什麼？怎麼顯示妳還愛著我？」

我這樣問，算是突襲。對這麼長久，甚至有點彈性疲乏的夫妻而言，應該不容易答。而我也有點想顯現自己對平淡夫妻生活的小小不滿。我們早就與情人節或結婚紀念日之類的慶祝活動絕緣。連生日時準備蛋糕，都只有女兒想吃，才會去買。妻的興趣又與我不同。我出門去運動時，她都在家看電視。如果是這樣，我們還是夫妻，不只是朋友，一定有什麼特別示愛的方式。

老婆看著我，露出一整個尷尬的表情。好像想不出來，又極力想要說，也應該要說說看，反而支支吾吾。

「就……幫你看前顧後……注意你的身體健康……之類的。」真的講得很勉強，不過我可以理解。既然是突襲，當然無法期待有什麼樣的好答案。

「喔，原來我娶了一個護理師，專門在幫我看顧健康的。呵呵。」我笑了，妻也尷尬的笑。

「這麼突然問妳，應該有點難回答啦，大部分的人也可能答不出來。」

「沒關係啦。不過，我有事先想過，我倒是可以替妳回答。」要問問題之前，我確實有先想過。我稍微停頓，讓妻期待一下，才繼續說。

「妳愛我的方式就是，永遠支持我。不論我做什麼事，成功或失敗，得意或失意，妳永遠在一旁默默的支持我。妳是我這一生最重要的支柱。」我講完這話，妻立刻挽起我的手臂，很溫柔地靠向我的身側，好像是第一次要這麼親密似的，表示她對我的認同。

我的妻一輩子不曾對我冷言冷語。不論我身處什麼狀況，都可以從她那兒獲得最溫暖的支持。剛畢業的時候如此，初結婚的時候如此，找工作、換工作的各種關鍵時刻，也從來沒有改變過態度。

當年我開始工作時，三個工作機會，我選擇了那個起薪最低的。妻沒有要我改變主意，也沒有要我去跟主管多爭些薪水。只因為我說，我覺得比較適合我外向的個性。只是適合個性而已，不是薪水或發展性，但妻支持我。

等到終於有筆積蓄，可以買棟房子時。我跑到郊外的山邊去買一棟小房子。既沒考慮生活的便利性，也沒想到房子日後的增值可能。只因為我說，山邊比較寧靜，空氣好。妻仍然支持我，即使每天得搭一個多小時公車上下班。

前幾年我換工作這件事，更是一個例子。明明我在前家公司，工作穩定，福利很好。但我放棄一切，投向未知，只是想試試自己的能耐。妻還是不改初衷。

我比較勇於嘗試的個性和妻期望安定的個性其實是有衝突的，但我沒改變，她為支持我而接受改變。她絕對是我這一路上最重要的支柱。

然而，我的問題沒有這樣就打住。既然我問她愛我的方式，同樣的，也應該要反過來問才對，才公平。妻也應該要求我回答同樣的問題，但她沒有。所以，我繼續問。

「那妳知道我愛妳的方式嗎？」

「我不知道。」妻抬起頭來回我。沒想到我會繼續問，對我的第二個問題還是很訝異。我也是稍微停頓一下，讓妻有些微思考之後，才繼續說。

「我要讓妳無憂無慮的過一輩子。那是我愛妳的方式。」

「所以，我會努力運動，保持身體健康，一定比妳活得還長。照顧妳到終老的那一天。」

妻聽完後，眼中閃著淡淡的淚光，挽者手臂的手再拉緊一點。那個大學時代我追的女孩，那個總是小鳥依人般的女孩，突然間又回到我身邊。我們好像又回到舊日的時光。我說的是真心話，沒有任何虛假。也許我們的生活很平淡，但是我打定主意要照顧妻到最後一刻。

我曾經想過，讓我們這個家庭維持安穩運作的關鍵因素是什麼？我可以找到的答案，一點也不浪漫。她對我的支持和我對家人的照顧，就是維持我們這個家庭最重要的兩根支柱。結婚那一天開始就是這樣，也會持續到生命完結的那一天。

那麼小靜呢？我也問過我自己。

經過幾年的定期約會和無所不談，即使我們不是天天一起，她幾乎成為我的影子。她總是體貼的站在我身後，成為我另一面最深情的部分。

妻是我理性生活的全部，但她卻是我多情的投射。

然而，我想的也是一輩子，如何擁有小靜一輩子，甚至是照顧她一輩子。但是，這不可能有明確的答案。

小靜從來沒有問我這樣的問題。小靜甚至從來不曾提我的妻，她完全不會想拿自己與妻做比較。當我和她一起時，妻很自然地不見了，彷彿不存在。小靜要的，只是那個特定的時刻，我在她身邊，那幸福就站在她這邊。

不知道小靜有沒有想過，十年二十年之後，我們會怎樣？難道要持續約會到那麼老。也許這並不重要，我想小靜要的就只是現在。此時此刻。

六、花落的聲音

我從來沒想過，離開學生時代之後，艾雯會繼續跟我保持聯絡。我也沒有預料到，分離那麼多年，小靜會重新回到我的生活裏頭。而她們接納我，喜歡我，允許我以不同的方式存在她們的生命之中。這究竟是她們的需要？還是得歸因於我自私的慾望？雖然，這多少跟命運有點關係，但最重要的關鍵因子應該還是我自己。

我是始作俑者，當然也是命運的選擇者。

對於艾雯來說，我只在她未來夢想中扮演百分之一的角色，我撐起的是感情的空中樓閣，她應該明瞭。但小靜就不然，她和我都深深投入這段感情之中，愛情已經是我們生活拼圖中最重要的一塊。失去這塊，便失去完整性。關於未來，雖然我可以選擇，但我沒有打算改變，也沒有勇氣改變，甚至就是逃避。我打算躲在現實之河裡隨波逐流，能走多遠就走多遠，即使結局不是快樂的，即使前面等著的是一個落瀑，我也只能承受。

二〇一五年的五月初一個約好的週四，小靜躺在臂彎裡跟我說。

「我和大學同學約好下週四五要到苗栗的小木屋渡假，剛好是桐花祭，去看桐花。所以，下週沒辦法約囉。」

我知道小靜有一個大學同學，在苗栗南庄有一棟小木屋，平常空著，真的是拿來渡假之用。之前，一夥人已經去過幾次。

「我下週剛好也事情比較多，週四要開整天會，週五要去新竹，週六可能要陪老婆回台中娘家看一下獨居的岳母。那下週我們就不約。」我說。

我和小靜每週約會已經四年左右，感情非常穩定，少一次多一次，不會有任何影響。況且桐花祭到了，誰也阻止不了小靜去賞花。連我也不行。

「好好去看花吧，把妳跟我兩人份的，一起都看了。」我抱著小靜的臉，在她額頭重重的親了一下。她的臉因為期待賞花和我的愛，而顯得滿足。

第二週的週五早上，我進到公司，一打開email信箱，就看到已經到南庄渡假的小靜寄來的許多的桐花照片。她說：「你應該也找機會來看看的，好美！好美！」我因為忙著開會，沒有怎麼回她。只是要她開心的好好玩。

到了晚上，我寫Line去問她：「回到台北沒？」她居然沒有立刻回我。自從我們開始用Line之後，這個更為即時的工具，她通常是幾分鐘之內就會回覆。也許是手機沒電了，我想。

週六一早按照原定計畫，我開車載妻回台中去探望岳母。到了台中，小靜仍然沒有任何訊息，於是我又重發一遍。這次看來嚴重了，恐怕不是手機沒電，也許是摔壞，或者掉了手機。以前她就曾經摔壞過手機螢幕，因而有一整天斷訊的例子。如果小靜有看到我的詢問，至少也該改用電腦發email通知我才對，這是她的習慣。但是既沒有Line，也沒有email，很不尋常。

等到了晚上，終於Line響了，隔了一整天之後。我趕緊點開來看。

我是林曉靜的女兒
在這裡跟各位叔叔阿姨說明一個沉痛的消息
我媽在昨天下午坐車返回台北途中
因車子拋錨停在路邊被後面車子追撞
坐在後座的媽媽被撞成重傷陷入重度昏迷
送到林口長庚醫院經過一天搶救仍舊沒有起色
我媽現在的情況非常不樂觀已經不進行強制治療及急救
如果有任何朋友叔叔阿姨想探望為我媽打氣
加護病房開放時間一次只能讓兩個人探望
林口長庚醫院二樓加護病房第三ICU第10床

看到這裡，我整個頭腦冒然腫脹，思緒混亂，身體微微顫抖。我一再重讀，完全無法思考，也無法移動我的身軀。這是什麼意思，是一場惡作劇嗎？拿生命來開玩笑，太過份了。如果不是開玩笑，這又代表什麼？車禍，加護病房，打氣，放棄。是誰放棄？又是什麼被放棄？怎麼能放棄，我的小靜。放棄之後，小靜會變成怎樣。我上週見了面的人呢？我下週要跟誰見面？完全的混亂。

當時我們都在客廳，妻和岳母看著電視，我則低頭讀Line。我那麼長時間不動，一直注視著手機螢幕。妻一定注意到了，於是過來問我。

「還好嗎？有發生什麼事嗎？」妻問。

我愣了一下。好不容易安定自己，轉頭跟妻說。

「還記得林曉靜嗎？」我沒辦法一次完整講出來。甚至得控制我自己，才能在喘息之間吐出幾個字。

「跟我很熟的那位小學同學。」

「我們還一起辦同學會。」

「她出事了。」從我嘴吐出的每一個音，控制不住的開始發抖。

「發生車禍，陷入重度昏迷。」

「她女兒寫Line來說，放棄急救。」好不容易講完。我也讓妻看小靜女兒寫來的Line。

「怎麼會發生這種事。」連妻都顯得很震驚。

「妳知道的，林曉靜是我的小學同學。」

「也是我小時候的鄰居。」

「其實所有同學中，我跟她最要好。」

「所以，才一起辦同學會。」

「一輩子就這樣一個鄰居同學。」

「怎麼會想到，我最要好的同學會發生這種事。」

「我實在很難過，很難過。」我幾乎要掉淚，並沒有掩飾這件事帶給我的痛苦，非常的痛苦。妻應該是感受到了。

岳父在去年才剛離世。過世之前，幾度進出加護病房，我和妻曾經為此南北奔波。我想妻和我一樣，應該很能夠體會與死神拔河的過程之痛苦與無奈。妻沒再跟我說話，讓我自個兒沉靜一下子。但我的內心翻攪，各式各樣的情緒煎熬著，無論如何也靜不下來。

我開始聯絡身在台北的小學同學，看看有沒有人可以去林口長庚看一下。但已經過了探望的時間，可能得等到隔天早上。很快的同學會臉書和Line群組都出現了這則消息。嚇壞了的同學們，紛紛為小靜加油打氣，祈禱奇蹟出現。

那一天晚上我幾乎無法入眠。好不容易睡著，沒多久又醒過來。看看時鐘，時針只往前進了一小格。而只要醒著，腦海中都是過往的回憶。愉快地談論著花的小靜，受我導引沉醉音樂中的小靜，臥在我身旁耳畔低語的小靜。彷彿所有曾經沾染過快樂的許多細節，都掙扎著要從我的大腦每個摺葉間穿出。靜靜的長夜裡，在遠方急救的小靜彷彿是睡著了，而我雖然是上了床，卻每個細胞痛苦的醒著。我好像在美好的回憶和殘酷的現實間被擠壓著，一種溺水的感覺把我沉浸在無邊的黑暗裡。我只能在沒人看到的地方流著淚。

等待一天之後，終於有人去過林口長庚。跟小靜最要好的婉真同學，給我回了Line。

小靜一直在沉睡之中完全沒有反應
她先生說她的腦部像豆腐一樣亂了
醫生做了處理
尿液開始減少腎也有衰竭的現象
現在只能期望奇蹟出現
同學會之後我跟她變得那麼熟實在好難過
唯一可以感到安慰的是她可能沒有受到太多的苦

「像豆腐一樣亂了」是什麼意思？那裡存有我們共有的美好記憶，怎麼可以亂了。如果亂了，還可不可以像樂高積木倒了，重新組回來。將來不論多少努力，我一定要幫小靜一點一滴地組回去。但是還來得及嗎？還有沒有機會？

接下來幾天，我像遊魂一樣。寫email會打錯，走路被絆倒，回頭常常會忘記剛剛打算要做什麼事。有時候腦海中突然閃現小靜的影像，還是那麼清晰，彷彿這只是一場精心安排的惡作劇，小靜隨時可能從某個門後邊跳出來。好啦，我已經上當了，我精疲力竭，我投降，妳可以出來囉。但是什麼影子也沒有。

當我還在考慮去加護病房探望小靜，還在考慮會不會為她的家庭帶來困擾，卻已經來不及。那個黃昏正下著雨，我開著車經辛亥路要回家。窗外顯得昏暗。停在紅綠燈前，我的手機Line突然響了起來。應該是小靜的女兒透過她媽媽的帳號傳來訊息。我顫驚驚的低頭點開來看。

媽媽下午走了……

我的淚立刻奪眶而出，毫無預警。

雖然這幾天已有心理準備，但是我仍然沒有任何招架之力。抬起頭來，分不清楚究竟是落在車窗上的雨，還是眼眶上的淚。我看不到路，完全無法開車。只能把車慢慢地挪往路邊停下。我忍不住地用拳頭猛力地敲擊方向盤，既痛苦又憤恨。為什麼會這樣。命運怎麼這麼殘忍，就這樣帶走一個仍然年輕的生命。我必須努力的喘著氣，因為幾乎無法呼吸。親愛的小靜走了，我的淚流個不停。

才兩週前，小靜在我的臂彎裡，或者我在小靜的身上。我的手在小靜白皙滑順的肌膚遊移，小靜淡淡的體香在我的鼻端繚繞。我們笑著談論，如何在晚餐時做某一道雞肉料理，以及大安森林公園裡又開了什麼花。那時世界多麼美好，只為我們兩個人，好像時間會永遠停在那一刻。現在一切都消失了，剩下的只是無邊黑暗。還有我孤獨一人。

這幾天晚上我又睡不好，又會在半夜莫名其妙的醒過來。醒來時我就會想，會不會今天是頭七，是小靜回來的日子？我是被小靜叫醒的。但我躺在黑暗中無論如何也算不清楚，今天是小靜離開之後的第幾天。

我一直期望小靜會到夢中來跟我說說話，她走得那麼匆忙，我們連說再見的機會都沒有。但不知道為什麼，小靜一次也沒有出現在我的夢中。

偶而，我會坐起身來，看著窗外。窗外非常寧靜，只有淡淡的蟲鳴，和偶而路過汽車的引擎聲。我想著，死亡究竟是什麼樣子？人死後，還有沒有靈魂在人間遊蕩？我認真地看著窗外，想要發現任何一點有關於小靜可能存在的跡象。即使小靜是變成鬼魂，像恐怖電影中所描述那樣可怕，甚至要找我到另一個世界作伴。說實在的，我都不在乎。我沒有任何害怕。來吧，讓我再看看妳，即使只有一次都好。但黑漆漆的窗外，始終沉默著。

而真正沉默的，是我無處無法訴說的痛苦。

一週之後，是小靜告別式的日子。地點在民權東路的第一殯儀館。我拖著疲憊的身心，穿著黑襯衫黑長褲來跟小靜告別。

有一次上班，我不知道什麼原因，穿了黑襯衫。剛好也是約會的日子。小靜看著我，跟我說：「你穿黑襯衫很帥呦。你的膚色比較深，穿黑的反而比較好看。不會覺得你的膚色深。」還伸手摸摸襯衫的質料。我平常雖然也穿深色襯衫，但只到咖啡、鐵灰或深藍。雖然有全黑的襯衫，卻很少拿出來穿。

「如果妳喜歡，我應該常穿。」當時我這麼說。結果第二次穿給小靜看，竟然是告別式。連穿衣都晚了。

告別式設在院區靠後方的一個小廳堂，大概只能容得下三十個人。沒想到小靜的親朋好友來了一百多人。小學、國中、高中、大學、親戚、運動的朋友、街坊鄰居等，統統都來了。小靜原本就是喜歡熱鬧的人，哪裡有朋友，就去那裡熱鬧。最後一次，她的朋友來跟她一起熱鬧。最後一趟路也比較不會寂寞。

因為進不了廳堂，所以所有人散落在外面。這裡一群，那裡一群，好像小型的同學會、朋友聚會。而我沒有在任何一群之中，悲傷讓我在面對熟人時失去語言的能力。我選擇一個人沉靜，容許心的滑落，至最深的谷底。

儀式開始後，我進到廳堂中，擠在最後一排的中間。這是小靜一生的最後一趟巡禮，我不想遺漏任何一個細節。廳堂的正中央高掛著小靜的照片，看起來很有媽媽的模樣。大概是女兒照著對媽媽的記憶挑的。如果小靜在這裡，她一定會不滿意。

「雖然是兩個小孩的媽，但在這麼重要的場合，也不需要一定要看起來像老媽子啊。」我猜她會這麼說。

「不然，也可以挑日本銀山溫泉前拍的那張，大家都說是個冰山美人。或者是台大校園與杜鵑花合照那張，人家都說根本是花漾少女。」

她也是個超愛漂亮的女生。即使要走了，也會要走的漂漂亮亮的。我瞭解她。可是在這麼重要的時刻，卻不是由她決定。

儀式最後是一段影片，這倒是都是小靜親自挑選的。但不是為了今天。

應該是禮儀公司從小靜的手機照片中剪輯出來的。小靜是一個很喜歡用手機記錄活動過程的人，所以手機中存有各式各樣的照片和影片。她在運動中心練舞的影片，她去新加坡高空彈跳的影片，更多的是和同學朋友聚會的照片。裏頭有好多張跟我一起的團體合照，但就是沒有任何一張我和她單獨的親密照。因為我們不論聚會或約會時，從來不單獨拍合照。

「不需要單獨合照啊。」她笑著說。

「只要團體合照時，我們兩個能夠靠在一起就可以了。」

「如果要單獨的合照，那只要把左右的人剪掉就好啦。」所以，團體拍照時，她一定想辦法站到我身邊。多麼聰明的一個小女生。

手機是多麼私密的個人用品，但她完全不會擔心裏頭所有的祕密被攤出來。因為手機裡根本沒有祕密。祕密在她和我的心裡，在我們一起走過的歲月回憶之中。

我強忍著淚水把整個影片看完。

儀式結束之後，來上香祭拜的朋友陸續離開。我則待到最後，直到看著裝著小靜的棺木被移出來，上車，離去。結束了，在淚眼中一切都結束。

我突然想起來，曾經和小靜討論過生死的問題。希望以什麼方式來結束這一生，我說。

「最好是要去爬一座美麗的大山途中，突然倒地死掉，然後就結束。我才不要被送到醫院去，插滿管子，只為了在病床上多躺個半年一年。而且只要在臉書和Line群組上發個訊息說，我經歷了美好的一生，已經在某年某月某日心滿意足的離世，這樣就可以了。不用告別式，不用麻煩大家再跑一趟。」

「哦，那未免太寂寞了一點吧。」小靜皺著眉說。

「如果是我，我要熱鬧一點。」小靜換上笑容。

「我會希望所有認識的朋友都來參加。可以一面緬懷我，一面開心的唱歌、跳舞、聊天，可以一起開個Party。我這一生過得很好喔，也很喜歡自己的人生呦，感到非常滿足，也希望大家都要快快樂樂的。」

是啊，確實大家都來了，也都在緬懷小靜，但誰有那個快樂的心情呢。

車子出門後，告別式也就結束。我跟著剩下的幾個人從殯儀館離開。大部分人往東走去，只有我和薛往西走。她要去捷運站，剛好和我順路。我們很自然的走在一起。

「我是薛，是小靜小學和國中的同班同學。你認得我嗎？」薛還對我自我介紹。

我當然認得。雖然沒有同過班，也只曾在同學會見過一次面。我不但認得，而且還很熟。因為小靜經常參加各式的聚會，回來會跟我描述與會的每個同學，當然包括薛。薛是一個開朗有趣的人，經常出國去旅遊，回來會寫遊記，小靜說過她不少事。因為小靜的關係，讓我在想像中跟她熟悉。

「當然記得，我們一起參加過同學會。」我其實不記得是哪一場同學會。

「小靜發生這種事，實在很令人震驚。」薛說。

「小靜還那麼年輕，就這樣突然走了，令人好難過。」

「她是那麼活潑可愛的一個人，怎麼會遇上這種事。」看得出來她的難過。

「幾週前我們還見過面，活蹦亂跳的一個人。」我說。

「現在躺在那裏，再一段時間就要變成一坏土，實在太令人難以接受。」我的聲音有點哽咽，整顆心懸空墜落。

薛和我沉默了一陣子，靜靜地走向松江路的捷運站。我們都需要一點時間平復。過了一會兒，薛才繼續說。

「聽她家人說，她先生為她安排花葬，要葬在陽明山上。」

「我覺得那是合適的安排。小靜喜歡花，以前我都笑她是個『花癡』。」我回。

「而她也很喜歡陽明山。葬在陽明山上的花草之間，可以天天看花，可能是最完美的歸宿。」我繼續說。先前她女兒就有用Line說，她媽媽要花葬。

「那個地方在哪裡？你知道嗎？」薛問我。

「我有大概查了一下，應該是在北投山上的龍鳳谷附近。龍鳳谷有溫泉，小靜也超喜歡泡湯的。有花又有溫泉，應該會很開心。」我說，還是有點心酸。

「那很好。如果不是很遠，有一天會去看看。」薛說。

「我是一定會去看看，可能就在最近。一個人剛搬到新家，會比較寂寞一點。或許會希望有人去陪一下。」我越說，聲音越低，薛可能被感染了，而顯得有點傷感。突然間，她停下腳步，側頭看著我，好像有話要說，又似乎有點猶豫。最後，還是說了。

「你知道嗎……我看得出來……小靜非常非常喜歡你。」

喜歡我？這三個字在我心裡強烈的迴響著。她不單只是喜歡我啊，小靜是深深的愛著我，我也愛著她啊！我突然覺得好痛苦。
我愣在那裏，沒有接腔，但微微的點頭。必須很努力地才能將淚忍住。
薛也許以為說出了什麼天大的祕密，趕緊停了話，繼續往前走。也剛好捷運站入口到了。在她走進去之前，我把她叫住，跟她說。
「我確定……我想我確定……最後的這幾年，她是非常快樂的，非常快樂的。也許那就夠了。」我趕緊轉身離開。因為，再開口就只有淚水而已了。

在小靜過世兩週之後的一個週末，我獨自開車上陽明山。來跟小靜完成我們之間的告別。
我從行義路上山。在龍鳳谷與泉源路的交叉口，左轉進旁邊的一條小路，進去之後就是龍鳳谷的遊客停車場。停好車往回走的是龍鳳谷的遊客，而繼續往前走的是陽明山公墓的訪客。
花葬區的臻善園就位於公墓入口，看過去跟一般的公園沒什麼兩樣。但沿著山勢，隔著許多長條狀，像小花圃一樣的地方。過世的人就葬在舖有白色鵝卵石的土地底下。既不能立碑，也不能標誌任何記號。所以，只要下葬了，日後再來，只能憑著記憶尋找大概的位置。記憶就是唯一的住址。
我根據小靜女兒Line過來的照片，穿過涼亭，找到了那個角落。一個寂寞的角落。

我在最靠近角落的短牆上坐了下來。

「小靜，我來看妳了。」

「這幾天在新家睡得好嗎？」

「還習慣沒有我陪妳的日子？」

我深深地吸了一口氣，然後繼續說。希望在另一個世界的小靜聽得到。

「沒有妳的陪伴，我很不習慣，很難過。」

「心裡有事時，找不到人說話。而再也沒有誰，像妳那樣瞭解我。」

「尤其到了每週約會的時間……」

「唉！」

「妳就這樣離去，把我留下來了。」

我抬頭看一下四周。除了幾個一旁除草施作的工作人員，只有我在墓園的一隅。天空是初夏的湛藍，四周環抱著綠油油的山，而除了一些蟲鳴鳥叫聲，寧靜得可以。如果在另一個時空底下，這種風景與氛圍或許適合出遊野餐。

我回過頭來，望著那個寂寞的角落繼續說。

「我挑了幾首我們曾經聽過的歌。」

「我想妳會喜歡的。」

來之前我有先想過，要帶點什麼來探望小靜。要帶花，怕被她笑，我對花草的認知依然淺薄得可以，怎麼選花來看個專家。所以，我想到音樂，尤其是我們在開車的過程中，一起聽過的歌。

我把手機拿出來，點出YouTube，並打開音量。已經事先準備了幾首歌。

我先播了Jimmy Scott的 "Nothing Compares to You"。

歌曲開始先是沉重悲傷的鋼琴，然後是Jimmy Scott滄桑沙啞的歌聲，第一句是：It's been 7 hours and 15 days. Since you took your love away（已經過了15天又7個小時，自從妳帶走妳的愛）。播到了歌曲中段，提琴出現，那琴聲拉在弦上，彷彿割在人的心上，會讓人一下子老十歲。

「這是用來懷念另一個人的歌。懷念另一半。」當時我跟小靜介紹這首歌時說。

「但是兩個人中，只會一個人聽。如果不是妳聽，就是我聽。」結果是我，是我在小靜的墳上聽這首歌。小靜將永遠定格在最美的年紀，而蒼老的是我。

然後，我播了植村花菜的 "Only You"（只有你）。

小靜喜歡日本，我也喜歡日本，這是唯一一首我們倆人曾經合唱過的日文歌：二人が出会った時、世界は始まって。小さな偶然はいつか、大きな意味になった（兩人初會之時，世界從此開始。微小的偶然何時，產生巨大的意義）。

這首歌最適合來描述我們的相遇。然而快樂的日子多麼短暫。

再來播Markéta Irglová的"Let Me Fall In Love"。

Markéta的歌聲很特別，清淡而真摯。小靜和我幾乎是第一次聽便愛上這首單純美好的歌。尤其當她唱到Let me fall in love（讓我墜入愛）。

我是不是從此和那種濃烈的感情絕緣了呢？那種憑著眼神、觸摸、接吻和擁抱可以融化一切的熱烈感情。我多麼希望能夠再次墜入愛情之中，但小靜在哪呢？

我接著播Bruni Carla的"You belong to me"。

只有簡單的吉他和弦搭配Bruni舒緩的唱腔。當時我播歌給小靜聽時，小靜一直看著我。而且眼中閃著光芒。聰明的她當然明白，You belong to me，我屬於妳。

「嘿，你屬於我喔，不論白天或黑夜。」妳聽完歌後這麼說。

「嘿，你的心屬於我，不論你在不在我的身邊。」

我當然屬於妳，也從此不會再離開妳身邊。

然後，播張洪量和莫文蔚合唱的〈廣島之戀〉。

每次聽到張洪量唱出「不夠時間好好來愛妳」，就覺得很心痛。是我愛妳不夠？還是時間太短？是我愛妳不夠，沒有好好來愛妳。

接下來播秋川雅史的〈千風之歌〉（千の風になって）。

我實在不願意想像從此小靜長眠於地。我覺得她不在那裏，就像歌詞所說那般，她會化為千風。在每個春天的早晨拂過我初醒的臉龐，在每個寒冷的夜晚撫慰我疲累一天的身體。我祈望小靜像風一樣，會永遠環繞在我的左右。

最後，要挑一首做為這次告別的結束。我挑Procol Harum的“A Whiter Shade of Pale”。我想如果這時候小靜能夠回來，或者她正在天上看著我，她這時的臉一定是Ghostly Pale（像鬼魂般蒼白）。但不是因為婚外情，而是因為她和我再也無法擁抱。

那一年如果我們沒有在驗車場偶遇，也許我只會在某個午後整理時瞥見高中照片，突然想起，曾經和一個女生在她家屋簷下閒聊一小時。那種學生式的朦朧情懷，足以讓一個下午的心情充滿暖意。但也僅止於此。

命運卻讓我們在驗車場重逢。

即使重逢，某種程度而言，只不過是從青春時期撿回一個特殊朋友。她忙子女，我有家庭，我們也沒有什麼理由可以繼續來往。

沒想到她先生會在這個關鍵時候有了外遇。

小靜因為這突發事件而消瘦，甚至憔悴，出乎我意料，讓我很憂心，以為高中以來所認識的那個鄰家女孩就即將消失。誰知道她先生的外遇卻反而促使小靜與我接觸，彼此深入瞭解，從而踏入另一階段的全新旅程。命運奇妙的安排，卻完全不在我們的預期之中。

小靜沒有因為外遇問題而一蹶不振。她不但智慧的解決了自己的問題，更從困難中找到自信。她掙扎著重生，恢復往日的神采，展現新的迷人氣質。使我在籌備同學會的過程中，看著她發光發熱，為她著迷。

是的，我為她著迷。她的蓬髮、笑顏、身上特有的氣息。她白皙光滑的每一寸肌膚，以及當我進入她身體緊緊擁抱的親密感受。我著迷於跟她同在一起的每一時每一刻。

但這一切都過去了。人生的不可預測，充滿無奈，也無力抗拒。

小靜喜歡去日本看花。記得我曾經問過她，比較喜歡櫻花，還是紅葉？

她說：「看紅葉是慢慢看。是看著樹葉，從綠變紅，再變褐色，最後掉落到地。那是一種逐漸凋零的過程。」

「但櫻花不是。櫻花開在春天的開始，而且一開就是滿開，然後在最美麗的時候突然結束。」

「有一次在東京的上野公園裡，頭頂都是盛開的櫻花，突然一陣風襲來，竟然下起櫻花雨。像雪片一樣漫天撒落的櫻花，好美，好美。我永遠也忘不了。」

「我比較喜歡櫻花。」小靜肯定的說。

是啊，小靜就像那她最喜愛的櫻花雨，在最美麗的時刻，華麗的死去，永遠定格在今年的夏天了。

我問自己，這是一場夢嗎？和小靜重逢這十年，就像是一場夢。

七、我找不到我自己

副總又召集大家開會。

設計部兩個協理，四個經理，業務部業務、行銷和產品經理，一群人把一個中型會議室擠得滿滿的。又要檢討新型馬達的IC業務。公司投入這方面的研發和推廣已經整整五年，年年虧損。總經理在季檢討會上一句話：「到底什麼時候可以轉虧為盈？總要有人說得出來，要有人負責。」就這樣，大家人仰馬翻找原因。這是這個月以來副總召集的第二次專案會議。好像多開幾場會，情勢就會改觀，錢會滾進來。

開場照舊是副總的通篇大道理。罵一罵業務部的市場預估不準，又抓不到客戶。也罵設計部的案子老是拖，拖到市場的時機都沒了。他講的都對，但我完全聽不進去。也不確定是副總，還是自己的關係。

其實，我根本不在乎。所以，進會議室時，我躲在門邊。離副總最遠，而靠出口最近。我人在會議室裡，但決心要發呆，或者我的心根本忘記帶進來。

這個業務繼續做也好，不做也罷。能夠賺錢也不錯，再繼續虧錢也可以。我沒有任何意見。我只覺得很煩。如果給我一把大掃把，我只想把這一切都從視線中掃掉。

如果因為我有這想法，副總知道，要炒我魷魚，我也無所謂。

「吳協理，你說說看，我們開發的這新型馬達技術到底有沒有用？能不能用？為什麼每次拿去給客戶測試，老是被打槍。總是會有一點點地方規格不合。」副總居然點名到我。突然想起來，我是副總的人馬，他當然要問我，不然要問誰。副總要什麼樣的答案？他要真正的答案，還是我只需要搧風點火，吸引其他人站出來說真話？

我在座位上遲疑了一下，既沒有鬥志，也找不到理智，腦袋裡幾乎一片空白。一切都已經不重要了。我不想回答，也變不出任何合理的原由可以回答。只想趕快擺脫這一切。於是，我不自覺的，慢慢地站起身來，往門口那邊轉過去。

「吳協理，你要幹嘛？你還沒回答我的問題。」副總說。他可能對我的動作感到有點疑惑。

我勉強回過身，終於想到一個理由：「副總，我的肚子有點不舒服，想先去廁所一下。」講完，我就離開，沒有等副總答覆。可以想像我的背後，底下十幾雙驚訝的眼神，和副總那副不可置信的吃驚模樣。

我當然沒去廁所，也沒有回到位置上，而是出了公司。從公司門前走出去，跨過一個紅綠燈，就是景美溪。我走到堤防裡溪邊的步道上去。

我需要一點新鮮空氣，我想，讓自己甦醒。

當我站在河邊欄杆旁舒展身體時，注意到河道對面草叢中，站著一隻蒼鷺，一動也不動。我呆看它一陣子。蒼鷺是常見的候鳥，性情孤僻，但卻是一妻一夫制。我看著蒼鷺心理揣想著，它是等著吃食，還是想念它的另一半？

我突然感到一種奇怪的連結，覺得自己就是那隻蒼鷺。飛過許多地方，看遍美麗的風景，但現在陷在溪邊的泥沼中，飛不出來，也找不到靈魂的另一半。注定要孤獨下去。

我繼續直挺挺的站著，盯著一動也不動的蒼鷺，這世界彷彿是靜止了。但風徐徐的吹著，河面揚起淡淡的波紋，證明時間仍在流動，沒有因為我們而停止。我突然想打個賭，沒有什麼特殊的理由，只是想任性一下。如果蒼鷺突然飛走了，我就回去開會。

結果十分鐘後，打賭結束，蒼鷺仍留在原地。我不確定是我贏了，也不知道贏了什麼東西，但我原本空無一物的腦袋有一點點新的滋生。我閉起眼，抬頭向天，大口的吸了一口氣，再緩緩的吐出來。好像重新學習似的，努力調整呼吸。白花花的陽光灑落在我頭上，反而讓我有種暈眩感。失去小靜的我的世界一直在漂搖。

我該怎麼做？我應該要走出來了，但哪裡是方向？或許我永遠也走不出來。是應該要結束了，結束前面的生活，結束那樣的漂搖，如果結束得了。

我像個傻子一樣繼續站在陽光明媚的溪邊一陣子，直到比較能夠正常呼吸，才慢慢走回辦公室。同時，做了一個決定。

回到位置上，我寫了辭職信。

把辭呈email給副總之後，反而心底變得篤定起來。我終於要往前走。但是副總什麼反應都沒有，既沒有回信，也沒有電話，完全的沉默。彷彿什麼都不曾發生。也許是這件事超過了副總的預期，他可能需要一些時間思考該如何來處理。一個新技術的負責人要走，影響整個團隊的未來運作。但這不能拖太久，終究得去面對。

終於，經過一個週末的沉澱，週二時電話來了。副總要我到他辦公室談。

「我是有點訝異，你想要走。」副總說。我想離職，不單單只是工作的原因，這一點他並不知道，當然訝異。

副總是雇用我的人，而且我也跟他合作了五年。即使沒有太深的感情，也有了工作上的默契。他算是一個開明而理性的人，我從來沒看過他情緒化。唯一令我無法適應的是，他沒有章法的管理方式。但沒有人是完美的，人都會有些缺點。

「我在這個領域做很久，有點倦了，我想換個工作。」我說。

「那你要不要在公司裡，暫時換到其他工作試試看？改去做ＰＭ之類的？」

如果換到別的部門，我還是要面對副總，問題不會解決。

「這幾年我真的工作得很累，想先休息一陣子。」我講的是真心話。別人可能以此當託詞，但我不是。只是我累的原因未必全是因為工作。

「所以，你還沒找新工作？」

「還沒，先休息一陣子再說。」

在這個業界，很少人這麼做。大部分人都是拿到新的Offer Letter，才會提辭呈。而且通常是這週辭，下週就出現在另一家公司。賺錢還是比較重要。但現在的我，暫時不願意接受錢的指示。

「這陣子經濟不景氣，工作不大好找。如果你只是工作得很累，要不要先請個長假休息一下？我會准的。」副總轉換到體貼的那一面，這算是一點好意。但我已經不需要了。也許他只是擔心技術傳承問題，想要多挽留我一陣子。但這不是問題，我不是那種不顧一切，丟下就跑的人。這個團隊裡的人都曾經是我的同僚和部屬，我並不希望，因為我離開而造成他們的困擾。

「如果副總想要停掉這個馬達技術的開發，我走剛好是個機會，可以把底下人員重新安排。如果還要繼續這個技術的開發，Jimmy可以接我的工作。他在我身邊一起工作很久了，他瞭解一切，應該可以take care得很好。」這是我很誠懇的建議。在這家公司待了五年，還是有感情，希望它可以經營得愈來愈好。

「即使我走了，有問題還是可以找我。我會盡我的能力協助。」

我還是希望跟副總維持良好的關係。這幾年我在這家公司學到許多，而副總是給我這個機會的人。這一點我銘記在心。

副總和我又繼續談了一陣子，有關於技術和團隊中的每一個成員狀況，這也算是我最後的貢獻。會談結束前，副總要我再考慮一週再做決定。這大概算是對一個資深工作人員最後的尊重吧。

一週之後，我沒有改變心意，副總批准了我的辭呈。

長久以來，妻從我的抱怨中知道，我跟副總合不來，早就有離開之意。但這件事發生，還是令她有點意外。妻不喜歡不確定的感覺。如果是她，一定會先找好工作，什麼都安排妥當了，才走向下一步。但這一次我並沒有如此做。

「沒有關係，先休息一陣子再說，工作再慢慢找。你繼續做你喜歡的事。」即使這為她帶來不確定感，但妻還是支持我，毫無保留。這是我之所以愛她的原因。妻永遠相信我，支持我。即使世界即將毀滅了，她也會緊緊握著我的手，絕對不分開。她是那樣的一個伴侶。

「妳記得我那個好朋友彼特嗎？他不是開一家貿易公司，專門賣電子產品到歐洲。他想開拓新的產品線，看能不能賣馬達方面的產品。他曾經跟我說過，如果想換工作可以找他，他一定支持我。我想，工作大概沒問題，但薪水會少很多就是了。」我跟妻說。

「沒有關係，只要是你喜歡的，就去做吧。不要感到壓力。經濟上我們家沒有任何問題。」

妻說的也是。女兒上國立大學，家裡早就沒有房貸，而妻在銀行發展得很好，經濟上確實沒有太大的壓力。我比較需要的是妻精神上的支持。

我把妻抱到懷裡，在她額頭上重重的親了一下。雖然每個人的人生都是自己的，但我真的感謝妻在一路上的相伴。

休息一個多月後，我就到彼特的公司上班。不再做IC設計方面的工作，改做系統設計。工作的目標是要把小型馬達系統推介給歐洲客戶。這對我而言是全新的領域，必須花費許多時間重新學習。也好，忙碌可以讓我忘掉一切。

下班之後的時間，我重新看起日本史、豐臣秀吉傳記和京都的故事。我有了具體努力的方向，慢慢把對小靜的記憶塵封起來，藏到心裡。我必須適應沒有人可以訴說的生活。

經過三年，新工作慢慢上了軌道。勉強抓到一些歐洲來的生意，白天總是有事可忙。到了晚上，就是我的歷史世界，在京都地圖上展開的日本戰國史。我打算寫一本豐臣秀吉與京都的書，差不多準備好了。

於是，我跟彼特請了兩週的假，要到京都實地勘察和攝影。機票和飯店都訂了，提前幾個月就安排好。

就在出發前的兩天，艾雯又打電話來。差不多隔了一年多才有的消息。

「瑞，你最近還好嗎？」艾雯問。
「這週四我要北上參加師大的一場研討會，那天下午你有空嗎？」
剛好是我要出發的當天。艾雯大概要失望了。
「我這週開始要去京都兩個禮拜，剛好要在那天出發，所以這次沒辦法約囉。」我說。
「為什麼要去京都？是全家去玩嗎？真好。」
「不是去玩。算是去做研究。我跟妳提過，我正在研究豐臣秀吉和京都的關係，想寫一本書。這次去也要照一些相。只有我一個人去。」
「你一個人去？不是全家去？」
「不是去渡假，比較像是一個人去工作。」
「真想陪你一起去耶。你做你的研究，我在一旁看風景，不吵你。那該有多好啊！」
我知道艾雯是真心這麼期盼的。只有我跟她，兩週的時間在誰都不認識的國外。那絕對是完美的假期，可以短暫放下生活上的勞累。但是我知道這辦不到，她找不到任何單獨旅遊的藉口。她的小孩需要她，她的家庭需要她，她把自己的身心都綁在那個家上了。她最大的自由只剩下，放學回家到進廚房之間，這段短短的路程。
「如果將來有機會，也許可以安排看看。」我說，雖然這可能性很小。
「好像很難喔。也許等到你和我都退休了，比較有空，才可能試試看。」有一點失望的感覺。其實即使到那時候，也許小孩長大結婚，按照艾雯的情況，說不定孫子交給她帶了，還是離不開原有的生活。我並不想潑她冷水。

「這樣好了。等我回來，我找個週末回台中老家，再開車到彰化去找妳見面。台中和彰化不遠的。」我說。

「真的嗎？你要來看我？」從那微微提高的語調，我可以感受到，剛剛的失落轉成小小興奮。

「當然是真的。每次都是織女過橋來，這次換牛郎划船回去吧。」講這句話時，反而是覺得自己心底有股暖流緩緩流過。那彷如死水般的感情深處，突然有了一點溫度。這是我第一次感受到艾雯在我生命中的重量，我真的想抱一抱艾雯。她需要，我也需要。

「好喔，一定要來看我喔。」艾雯在電話裡笑了出來。

艾雯很高興，忘了我無法赴約這件事。再三確定我會去看她後，祝我旅途愉快，才滿意的掛斷電話。

我跟她有了約定。等我回來，一定會盡力辦到。

終於要出發。妻送我到機場。

以前公務出差，妻從來不送機。因為要暫時分開，會覺得難過。寧可就當平常日子，正常作息，這樣難過會少一點。但這次是我這輩子第一次一個人要去旅行，不是兩三個人結伴行的公務出差。妻掙扎了許久，還是決定送我到機場。

「你要注意安全，不要在外面待太晚。當成正常的上下班，時間到了，就回旅館休息。」妻說。

「我會的。現在手機這麼方便，我會跟妳們保持聯絡。」我這麼回她。

「一到京都，我就會發Line給妳們。不用擔心。」

「現在秋天了，京都會很冷，你衣服帶的夠吧。」妻繼續說。

「我帶了最厚的大衣，可以防雪，可以在零下二十度防寒用。沒有問題。」我半開玩笑的回答，當然也不希望妻擔心。

妻跟我一樣年歲，如果有皺紋，我們臉上的皺紋是一樣的長。我伸手撫摸妻白嫩圓潤的臉頰，非常熟悉的溫暖的臉頰。然後，仔細盯著妻的眼眸看，那濃厚的深處開始凝聚淡淡的淚意。她是很容易被感動的一個人。

「一個人在家，妳也要注意安全。」因為女兒去南部唸大學，所以這些天妻會一個人在家。

「我只在公司和家之間來往，沒有問題的啦。」妻也是個怕寂寞的人，我也是很捨不得讓她一個人在家，但是登機的時間快到了。

我把妻抱進自己的懷裡，深深擁抱，比平時都還要久一些。然後對著她嘴湊上去，深深地親吻。妻是非常不習慣在公眾場合親暱行為的一個人，但今天沒有推開我，任我擺佈。

當妻悠悠的睜開眼後，我跟她說。

「答應我，在家等我。說好了，我們一定要一起老。」

妻可能覺得我今天有點不一樣，但在機場分別，會多一點傷感，似乎也不是什麼奇怪之事。

「不，說好了，是你要照顧我到老。你一定要活得比我長。」妻堅定地回我。

我點點頭說：「對，對，我會照顧妳到老。我答應過妳。」

拍拍妻的肩膀表示同意之後，我就掉頭往出關門走去。

在反身的那一刻，不知道為什麼，內心裡突然感到巨大的空虛，好像遺落了些什麼，而且再也找不回來。我忍住淚水，不敢停下腳步，繼續往前走。

我開始了一個人的孤獨。一個人入關，走過長長的走廊，一個人等待，走上黃昏的飛機。我好像是穿過一個漏斗狀，愈來愈狹窄的透明容器，最後被擠壓在窗邊的位置上。孤獨的頂點。但我已經習慣了，這幾年至少我的心，已經習慣孤獨。

飛機起飛後，首先穿過夕陽美麗的霞光，然後穿進雲層。其實窗外愈來愈濃的，並不算是雲，應該說是霧。讓我的視野和感知漸漸變得模糊。我突然想起那一天走上夢幻湖的時候，濃霧也是捻手捻腳的偷到我們身邊，把一切都吞沒。那是起點，一切快樂的起點。但是，現在都消失了。那是幾年前的事？五年還是十年？我沒辦法記得很清楚，沒辦法阻止遺忘。那些我曾經擁有的一切，快樂的一切，像沙漏裡的沙，正一點一滴的遺失。我對這種無力阻止，感到悲哀。

然後，我在窗玻璃上看到自己的倒影。那日漸衰老的，變得模糊不可辨認的，我的影子。在這樣一個人獨處的時候，我還有什麼剩下的呢？記憶像秋葉凋零，一旦剝落殆盡，赤裸的我就不再是我。

飛機正往濃霧中飛去，隨著記憶消逝，我愈來愈看不清我自己，那是誰？我又在哪兒呢？在兩萬呎的高空，最接近小靜的地方，我努力的尋找著我自己。

後記

工作了二十多年，在職場看遍許多事，有的很有趣，有的很驚悚。但不管如何，都已經是我生命經驗拼圖中的一部分。而不論苦與樂，經過長時間的發酵，也都變得香醇。因而有說故事的衝動。

把這些故事編修集結，透過一個人的工作與生活表現出來，就成了此書。某種層面而言，有點是總結自己過往人生的意味。

寫作的過程中，讀自己的文稿，每讀一遍，心的沉寂就深一點。人生的不完美，用小說來彌補。如果真實可以像小說那樣搭合，遺憾或許就可以少一些些。

這本小說的發想來自一位不幸早逝的朋友。如果這本書最終可以出版，我應該帶本書到朋友的墳上唸幾段。我想說的是，我很好，但妳還好嗎？

不過，最要感謝的是我老婆和我最愛的女兒。她們對我的愛，是我在長時間的孤獨艱困之中，還能夠持續努力的原因。

國家圖書館出版品預行編目

蒼白的臉 / 葉天祥著. -- 臺北市：致出版,
2020.05
面；　公分
ISBN 978-986-98863-2-1(平裝)

863.57　　109002477

蒼白的臉

作　　者／葉天祥
專案編輯／湯欣瑜
執行編輯／洪聖翔
封面設計／蔡瑋筠
出版策劃／致出版
發 行 者／秀威資訊科技股份有限公司
114 台北市內湖區瑞光路76巷69號2樓
電話：+886-2-2796-3638
傳真：+886-2-2796-1377
Email：publish@showwe.com.tw
展售門市／國家書店（松江門市）
104台北市中山區松江路209號1樓
電話：+886-2-2518-0207
傳真：+886-2-2518-0778
團　　購／秀威資訊圖書部
電話：+886-2-2518-0207 ext.22
Email：bod_division@showwe.com.tw

出版日期／2020年5月　**定價**／NT 280元

致 出 版　**向出版者致敬**